我的两个父亲

次仁顿珠 著/译

青海人民出版社

图书在版编目（CIP）数据

我的两个父亲 / 次仁顿珠著、译 . -- 西宁：青海
人民出版社 , 2021.4（2022.8 重印）
（藏族当代长篇小说译丛 / 龙仁青主编）
ISBN 978-7-225-05908-2

Ⅰ . ①我… Ⅱ . ①次… Ⅲ . ①长篇小说－中国－当代
Ⅳ . ① I247.5

中国版本图书馆 CIP 数据核字 (2021) 第 027964 号

藏族当代长篇小说译丛

龙仁青　主编

我的两个父亲

次仁顿珠　著、译

出　版　人	樊原成
出版发行	青海人民出版社有限责任公司
	西宁市五四西路 71 号　邮政编码：810023　电话：（0971）6143426（总编室）
发行热线	（0971）6143516 / 6137730
网　　　址	http://www.qhrmcbs.com
印　　　刷	陕西龙山海天艺术印务有限公司
经　　　销	新华书店
开　　　本	890 mm × 1240 mm　1/32
印　　　张	7.75
字　　　数	140 千
版　　　次	2021 年 4 月第 1 版　2022 年 8 月第 2 次印刷
书　　　号	ISBN 978-7-225-05908-2
定　　　价	35.00 元

1

　　有那么一些写小说的人一开始就用冗长的文字信誓旦旦地赘述他所写的这部小说完全是真实发生的事情。我认为这种做法跟那些天生喜欢撒谎而又天生不具备说谎才能的人无奈之下说"释迦佛祖在上""三大寺院在上""大金瓦顶在上""拉卜楞寺在上""隆务大寺在上"，当然，还有"父母肉""子女血""毛主席保证"等等拼命发誓一样根本不可信赖。请你想一想，这世上哪里有完全真实的小说？明明是小说却又说什么完全是真实的，这种行为说白了连自己也没有把握到底是否具备吸引读者的才能，如果你的小说的确有吸引读者的能力，那么说这些废话还不如说"自己所写的这部小说完全是虚构的"。这样读者绝对不会说"那就不看了"，将书扔回去。

　　不信我就以完全虚构的故事形式写给你看：

　　我珍藏着一幅我的两个父亲——萨培和当增——九岁时合影的微微发黄的、有很多裂纹的三寸大小的一幅黑白照片。照片上我的父亲萨培眼睛较小且有点凹陷，而我的父亲当增眼睛大且有点凸出，除此之外两个人的身高、胖瘦都没有区别，甚至脸庞、发型都有点相似。因此别人，甚至他们自己也压根忘了对方的真实名字，而是互相以"凹眼"和"凸眼"这两个绰号来称呼对方。时间长了，他们觉得这种绰号反而更加亲切。

　　自我记事的时候，我的父亲萨培就像乔治·奥威尔的小说《动物农庄》中的那个叫本·杰明的毛驴一样很少说话而且难得一笑。如果偶尔微微一笑，本来就小得可怜的那双眼睛变成一条直线，让人不得不怀疑他是否能看见眼前的一切。可是我认为这时候他不但不难看，反而显得更加可爱，这可不是我一个人的感受，他似乎给许多人都留下了这种印象。因为据说他年轻的时候身边的姑娘比有着格萨尔王风度的我的父亲当增还要多，说穿了就是我父亲萨培的情人多于我父亲当增的情人。我手里还有一张我的"百岁"纪念照片，这是我的父亲萨培寄给我的父亲当增的，我父亲当增将它珍藏至今。

　　噢，对了，还需要声明的是我是一个画画的而不是一个写小说的，而且你正在看的这部小说是我的处女作，写得是否成功连我自己也不敢保证，因此如果你没有信心的话，我劝你不要浪费时间，还是尽早扔掉吧；如果看完之后觉得遗憾，那就不要怪我没提醒你。

2

　　那年夏末秋初的一天，我的父亲当增的父亲先巴背着一支步枪，腰间带着一把手枪，骑在那盘前鞒高后鞒低的汉式马鞍下步伐快速敏捷的黄褐色高头大马来到了帐圈里的自己家中。那是一个少雨干旱的年份，加之泛滥成灾的鼠兔到处挖洞翻土，使几乎整个泽雄草原成为黑土滩。比如今天下点雨，若明天刮起风来，看似比空气还要轻盈的蓟刺和蒲公英的种子便与黄尘混在一起空中飞舞。因此我的父亲当增的父亲先巴的黄褐色坐骑迈着快得肉眼难于捕捉的四蹄前行的时候，总是有一股黄尘形影不离地跟随其后。先巴是泽雄大队唯一的国家干部，也是唯一挎着手枪和带着手表的人，更是唯一拥有收音机的人，尽管那台收音机杂音很大而且播出的汉语节目连主人自己都似懂非懂。但是他的到来足以让很多村民心情骚动起来。奇怪的是我的父亲萨培对我的父亲当增的父亲先巴的手枪和手表，甚至对收音机也没有多少兴趣。他感到好奇的是先巴身上散发出来的雪花膏味道和永远黑亮亮、油光光的中分头发。这是任何一个泽雄村的男人根本不具备的特征，也是我的父亲萨培脑海中深深留下的对国家干部的印象。许多年后，我的父亲萨培了解了"斯德哥尔摩综合症"这个词语的含义时，他脑海中立刻浮现出先巴，并且认为他就是典型的斯德哥尔摩综合症患者，甚至感觉到自己周围所有的人都或轻或重地患有斯德哥尔摩综合症。

我的父亲当增的父亲先巴的最大嗜好就是好枪好马，还有就是打猎。他每次回家的时候马鞍后面总会有一具在路上射杀的黄羊或雪鹿或岩羊的尸体，他回到县城的时候也是这样。他认为作为男人来到这个世上，最光荣的事情莫过于当一名对共产党绝对忠诚，对毛主席无限热爱的国家干部；最荣耀的事情莫过于骑着一匹像龙一样的骏马，背着一支像雷电一样的钢枪。这不但是一种享受，更能证明组织对他的信任。所以他将自己的儿子送到学校的目的与其说是为了学习文化知识，不如说是为了当上国家干部，而当干部的目的与其说是为民办事，不如说是为了骑匹好马背支好枪。遗憾的是当我的父亲当增初中毕业后却说自己不想参加工作，要继续上学。

"我看现在你没有必要上什么学了，我大字不识一个，可照样是国家干部，而且大小也是个领导干部。最重要的是要对党绝对忠诚。难道你就不想尽快骑好马，背好枪吗？"我的父亲当增的父亲先巴坐在整个泽雄县城仅有的四对沙发中的一张上面，身穿深蓝色棉布中山装，右腿搭在左腿上，目空一切的样子说道。

这时候我的父亲当增的声音已经变粗了，除了头发之外，身上其它几个部位正在长毛，而且这些毛发正在变粗。他好像有意模仿自己父亲似的，也以目空一切的样子说道："骑好马背好枪干吗？我又不是出征打仗。嘿嘿，那个一点意思也没有。"

我的父亲当增的父亲先巴愣住了，一时说不出话来。过了一会儿他把右腿放在地上问道："那么高中毕业后你打算干什么？"

"上大学呀。"

"那么大学毕业后你又打算干什么？"

"那个到时候再说吧，既然'凹眼'不准参加工作的话，他也总可以继续上学吧？我们要一起去上学。"

"嗯——你们岁数还小，继续上学也可以。"我的父亲当增的父亲先巴用与其说是傲慢不如说是自豪的神态说："不过我在你们这个年纪的时候已经参加革命工作剿灭土白了呀。"

我的父亲当增知道他的父亲先巴所说的"土白"实际上是汉语的"土匪"。

这个时候我的父亲当增的父亲先巴仍然梳着黑亮亮、油光光的中分头，但是仔细查看就能发现几根白发，又能发现他的身体也比以前胖了许多。

3

　　这次我的父亲当增的父亲先巴的马鞍后面没有野生动物的尸体，也没有带来那台"红灯"牌收音机。可是他仍然梳着黑亮亮、油光光的中分头发，身上仍然散发着雪花膏的香味，左胸前还别着红色背景、黄色镶边的毛主席小像章。他看着又惧怕又亲切地坐在自己身边的我的父亲萨培的脸，笑眯眯地说："呀——小伙子，最近你跟当增打架了没有？"

　　"没有。"

　　"那么你们跟其他的孩子打架了没有？"

　　"没……没有。"

　　"阿若，阿若……"正在给我的父亲当增的父亲先巴烧茶的当增的母亲叶洛提醒我的两个父亲要老实一点，于是我的两个父亲有点不自在地低下了头，那是因为他俩前几天把其他村的一个孩子打得头破血流。

　　我的父亲当增的父亲先巴笑了一下，然后严肃地说："呀——小伙子，当增要去县城上学，你去不去？"

　　我的父亲当增的父亲先巴嘴上说之所以将我的父亲当增送入学校是因为牧民们不愿让子女上学，自己作为分管教育的领导，如果不把自己的儿子送到学校就没有理由说服别人送子女上学。但是更主要的目的是孩子长大后像他自己一样也能骑上好马，背上好枪。

我的父亲萨培看了看我的父亲当增，我的父亲当增微微一笑证明自己确实要去上学。

"如果'凸眼'去上学，那我也要去。"我的父亲萨培说完身子敏捷地站起来，步伐矫健地跑到自己的家中，之后没见他回来。我想那一定是因为家长没有同意他去上学。

第二天早上，我的父亲当增确实骑在他父亲的马鞍后面走了。父子俩经过帐圈旁边的时候，我的父亲萨培一定会从帐篷的门缝中目送着他们。我的父亲当增一边一次又一次地回头张望我的父亲萨培家的那顶破旧的帐篷，一边看着他和我的父亲萨培捕捉过许多与鼠兔形影不离的、被牧人们称为"鼠兔的清洁工"的小鸟的那块地方。凡是有成群鼠兔的地方就有这种小鸟。多年之后，我的父亲萨培查到了这种小鸟的汉文学名叫"白腰雪雀"，他每次看到鼠兔与这种小鸟共舞的时候，就不由思考起这两种小动物到底有什么利益关系，可是直到去世他也没有找到答案。

我的父亲当增想起前几日和我的父亲萨培一起在这里捕捉"鼠兔的清洁工"的情景，那天他们费了很大的劲儿才捉到一只"鼠兔的清洁工"，不幸的是刚到手的小鸟挣扎一下就像《说不宗的故事》中的那具尸首一样"啪哒啪哒"地飞走了。可是没走多远它就像喝醉酒似的既不远走也不高飞，只是在空中可笑地打转，仔细一看整个尾翼不见踪影。我的两个父亲的目光同时落在我的父亲萨培的双手，整个尾翼紧紧地攥在他的手里。

我的父亲当增从内心深处对那只小鸟产生怜悯之心。他指着我的父亲萨培的鼻子说："该下地狱的'凹眼'，你是故意拔了它的尾翼，你是个多么狠心的家伙！"

"我不是故意的。"

"你就是故意的！"

"我真的不是故意的。"

"你就是故意的！"

"啊啧，这是一个多么奇怪的人，那好吧，我就是故意的，看你能把我怎么样！"

我的父亲当增出其不意地往我的父亲萨培的小腿上狠狠地踢了一脚，痛得我的父亲萨培双手扶着自己的一条小腿，在另一条腿上打转。那动作既像刚才那只没有尾翼的小鸟，又像若干年以后风靡全县的街舞，他跳着这样的舞蹈靠近我的父亲当增面前慢慢站起来，出其不意地往我的父亲当增的腹部上打了重重的一拳。我的父亲当增双手扶着自己的腹部，将头耷拉到膝盖的部位，两只大眼睛边含着泪水，额头上渗出汗珠，边痛苦地呻吟，一边一字一句地说："狠……心……的……家……伙，你……你……打断了……我的肠子。"

一分钟之前让我的父亲萨培很不愉快的那个疼痛这时候已

经完全消失了，所以他对我的父亲当增产生极大怜悯的同时悔恨自己的过分行为。现在他望着我的父亲当增远去的背影更加悔恨自己过分的行为，那双小眼睛被泪水模糊了。我的父亲萨培眼前永远无法消失的是那天早上我的父亲当增身着破旧的小皮袄，皮袄底下露出皱巴巴的深蓝色裤腿，裤腿底下露出古铜色的小腿，没有袜子的双脚上那双牧人们称为"白唇鞋"的胶底白边蓝帆布球鞋，以及当增紧紧地攥着自己父亲的红色腰带渐渐消失的背影。

4

帐圈搬到秋季牧场的那天夜里，我的父亲萨培往我的父亲当增的腹部上重重的一拳，这一拳使我的父亲当增双手抱住腹部，脑袋耷拉到膝盖的位置，额头上渗出蚕豆大的汗珠，身子慢慢倾斜倒在地上痉挛几下，最后一动不动。我的父亲萨培开始的时候没有太在意，可是我的父亲当增的鼻孔里突然喷出血杜，这使我的父亲萨培吓得不轻。他气喘吁吁地跑到家里大呼小叫"妈妈妈妈，'凸眼''凸眼'……"这使全家人从睡梦中惊醒过来。

"萨考，萨考……"萨培的母亲一边喊着她儿子的昵称，一边不停地摇晃她的儿子萨培身子，还说："我的儿子在做恶梦。"

　　我的父亲萨培从恶梦中醒来的时候就像刚刚从水里爬出来似的浑身上下湿漉漉的，从此就开始发高烧。据我的父亲萨培的母亲讲，搬场的那天傍晚天气很冷，当牲畜赶到家的时候，发现生来就无组织、无纪律、毫无集体主义观念的那头独眼母牛又不见了。我的父亲萨培身着单薄的衣裳，骑着那头比乌龟还要慢的独角牦牛出去寻找，当他回来的时候已经是满天星斗。所以断定是得了重感冒，就让我的父亲萨培钻到他的父亲的大皮袄里，然后用沸腾的开水一次又一次地焐了好几天，可是他的病情不但不见好转，反而开始腹泻。

　　阿尼喇日山阴面一条沟底有座形状酷似男性生殖器的小山岗，正好在山岗尖下有一眼夏天寒冷刺骨而冬天从不结冰的清澈纯净的泉水，当地牧民们称其为"阿尼喇日神的尿液"或"药泉"。此水由海拔四千米以上无污染的冰雪融化而成，水源周围生长着冬虫夏草、雪莲花等三百多种名贵药材，水中富含钠、镁、钙、锶等对人体有益的矿物元素，所以健康的人喝了返老还童，患病的人喝了健康长寿。内地一家实力雄厚的企业打着这样的广告，将方圆十几公里的所有河流用粗大的管子从地下连接在一起，一箱箱矿泉水装到排成长龙的大型货车上送往四面八方。据说这还远远不能满足广大消费者的需求，声称两年内产量将达到目前的八十倍，而那家企业正在用更粗大的管子将方圆几十公里的河流从地下连接起来的同时，在阿尼喇日山阴面脚下那块平坦的牧场上修建一座座气势宏伟、颇具现代风格的高楼大厦，使两年前最气派的泽雄县党委办公大楼大为逊色。然而这种矿泉水价格之高令人咋舌，一般干部群众连一滴水都喝不起。也就是说其价格比牦牛奶的价格高三至四倍。但是你可曾知道许多年前，也就是我的两个父亲还是童年的那个时候，这眼泉水像是鸦片一样谁沾了谁就会受到惩罚，因为当地民间传说称阿尼喇日山是此地最主要的圣山，而这眼泉水是阿尼喇日神的尿液，有着使健康的人喝了返老还童，患病的人喝了健康长寿的功效。县委张书记听到这个传说后在一次全县大会上说："那个叫作阿尼喇日的山是个是非之地，山顶上的经幡今天扯下来，明天又有人挂上去，山腰上的岩洞中藏有佛像佛经等反动迷信的物品，还有那眼泉水说什么比药品的功效还要大。这纯粹是一派胡言，是赤裸裸的反动迷信宣传！所以从现在开始谁喝了那眼泉水要严厉处罚，喝三碗以上者要戴帽改造！"最后好像要震塌阿尼喇日山似的吼叫道："还有五八年土匪藏匿在这座山上打死了两名解放军战士，这个叫作阿尼喇日的可恶的破山应该从地球上消失才对！"说着狠狠地敲打桌子，这是一次无愧于时代，无愧于使命的名副其实的大发雷霆。

泉水周围支着一顶顶破旧小帐篷的病人们眨眼间赶回各自的家中，那些牧羊人在野外口渴难耐也没人敢往泉水边靠近一步。可是这世界上没有比儿子的生命更重要的事情，我的父亲萨培的父亲冒着天大的危险，天刚一黑就把自家那口铝茶壶的盖子上粘了一点酥油，将茶壶装进怀里，在生产队的马群中骑了全队最好的马——队长的坐骑，向阿尼喇日山方向走去。开始的时候有点朦胧的月光，他顺利地找到了泉水。去他妈的三碗还是三十碗，他一股脑儿地喝得上气不接下气。之后灌了一壶，用酥油封了壶嘴和壶盖缝隙，装进怀里。遗憾的是，就在他骑上马背的那一瞬间电闪雷鸣，大雨倾盆而下，一片漆黑，根本分不清东南西北。他只能相信坐骑的感觉，完全松开集方向、油门、刹车功能为一体的嚼带，任它前行。可是走了很长时间就是到不了家，这下他着急了，全身心地祈求上师和护法神助他一臂之力。雨终于停了，天色微微发白，他才发现还在阿尼喇日山下打转。两个小时后他到达帐圈附近时看到除了他的羊群像一片毛毡似的原地不动之外，其他牛羊都早已放走了。他更加着急了，迅速走到帐圈，整个帐圈正在沸腾，甚至公社干部也已经到场。更遗憾的是，我的父亲萨培的父亲是一个从来不撒谎的人，他交代了因为儿子高烧不退，所以去了阿尼喇日山取了一点药泉的事实。如果他一口咬定走了亲戚，甚至说夜里去找其他帐圈里的情人，睡过头了，天亮了，大不了也就是"作风不正"和"没有批准的情况下私自使用集体财产"。可是这下事态严重了，落了个"无视县委的决定,搞封建迷信活动"的罪名。

5

我的父亲萨培没来得及喝上一口药泉，他的父亲被斗臭了，斗垮了，但不幸中的万幸是他没有按照县委或者确切地说张书记的决定被戴上帽子，原因在于这个生产队戴帽子的人实在是太多了。更加可喜的是我的父亲萨培的病情逐渐痊愈了，他天天盼望着我的父亲当增放寒假回家的同时，想象着我的父亲当增回来的时候一定会像他的父亲先巴一样梳着黑亮亮、油光光的头发，身上还散发着雪花膏的香味。但是他万万没想到的是当我的父亲当增出现在他面前的时候，身着脏兮兮的深蓝色棉袄，仍然没有袜子的脚上穿一双黑胶底黑帆布棉鞋，头发比以前纷乱，脸色比以前苍白。我的父亲当增回家的第二天，我的父亲萨培请他到自己家里住一宿，我的父亲当增愉快地接受了邀请，看来这半年他好像也非常想念我的父亲萨培。晚饭后我的两个父亲到我的父亲萨培的母亲自从搬到冬季牧场的那一天开始施工的诸多牛粪建筑之一——在帐篷旁边用湿牛粪粘合冻牛粪垒起来，里面垫了一尺厚的干草的长方形露天床上，合穿我的父亲萨培的父亲的那件厚大的皮袄睡觉，他们一边望着天上的繁星，一边听着畜群的反刍声聊起天来，时不时地发出纯真而可爱的笑声。

我的父亲当增有许多我的父亲萨培未曾听到的话题，其中之一就是学校每七天放假一天，也就是说这一天不用上课，可以为所欲为地玩耍或者睡懒觉，而这一天只有两顿饭，那些喜欢睡懒觉的人更是将早饭换成睡眠，一天只能吃到一顿饭。

"你们学校除了糌粑以外还有其他食物吗？"

"哈哈，我们根本就没有糌粑，只有菜（汉语）和馒头。噢，有时候还有酥油和馒头，把酥油放在碗里用开水融化，然后蘸着馒头吃。"

"真的？"我的父亲萨培咽着口水问："那么多馒头是从哪里拿来的？"

"不是拿来的，而是厨师们做的。"

"那么那么多面粉是从哪里拿来的？"

"是从粮站（汉语）拿来的。"

"什么是'粮站'？"

"那是卖粮食的一个单位，我们吃的磨糌粑的青稞也是从那里买来的。"

"那么粮站的人想吃多少馒头就可以吃多少馒头啰。"我的父亲萨培又咽了一下口水说。

"哈哈，那怎么行，他们也需要按定量购买，还需要交粮票（汉语）。"我的父亲当增用蔑视的口吻说。

"那么粮站的粮食又从哪里拿来的？"

"当然是毛主席的粮库给的呀。"

　　我的父亲当增说学校里有很多玩具，其中有一个叫作"篮球"的像羊的肚皮一样的东西，学生们最喜爱；几乎每七天就能看到一场叫作电影（汉语）的完全超出人们想象的非常神奇的东西，他还能断断续续讲述一些电影中的故事。

　　我的父亲当增不但有许多我的父亲萨培从未听说过的信息，而且还有很多如"菜""粮站""粮票""电影"等新词汇或者说汉语。其中我的父亲萨培立马领会了读音和意思的一个词汇就是"老师"。据我的父亲当增说他们有个叫"唐刚"的老师，他的第一大爱好是钓鱼，那个叫作"星期天"的每六天后休息的日子，唐老师带领几个学生到泽曲河边，把几根针弄弯串在一根线上，一条蚯蚓活活截成几节串在每根针上，然后把线扔到水里，一条鱼儿游过来一口吃掉一根针，这也就意味着将自己迅速地、完整地、无私地送进唐老师的喉咙里。唐老师的第二个爱好是到野外去捡鸟蛋吃。还说唐老师正在给他们教"a""o""e"等叫作"拼音"的二十六个字母和韵母，学会了这个，没有老师，自己也会念汉字；另外一个老师正在给他们教"ka""kha""ga""nga"等三十四个藏文字母和韵母，学会了这个没有老师自己也会念藏文。更加吸引我的父亲萨培的是老师叫你干什么你就干什么，再加上努力学习就能参加一个叫作"少年先锋队"的、毫无疑问是毛主席接班人的无上光荣的组织，参加这个组织就能带上一条叫作"红领巾"的鲜红的三角形布条，一旦带上这条布条，不知其他学生会多么羡慕你。这使我的父亲萨培产生一种无法抗拒的上学欲望。

已是子夜了，我的父亲当增已经入睡，而我的父亲萨培游荡在无限的幻想当中。第二天早上，我的两个父亲将头缩进皮袄里还在沉睡中，我的父亲萨培的父亲的那件皮袄领子上蒙了一层厚厚的、皎洁的霜，看上去像是草原上一群动物洞穴口上的雾凇。我想，他们是名副其实的、牧民们说的"一件皮袄里成长的兄弟"。

6

在我小时候泽雄县城有个叫"粮油公司"的院子，我想那应该是我的父亲当增所说的"粮站"。他说的"粮票"，我在几年前一座博物馆里见过，分为整个中国行政区域内可以使用的全国通用粮票和只限在某个省份使用的粮票。不管是哪一种，其纸张质量和印刷技术不亚于人民币，可见这东西在当时有多么金贵。放寒暑假的时候那个学校给每个学生几张粮票，拿着这个粮票和钞票到粮站就能买到一点白面或挂面，甚至大米，有这个东西还可以在商店买到甜饼、月饼等用粮食制造的食物。我的父亲萨培第一次放寒假回家的时候就拿着几张粮票，这是家里没有干部的牧民很难见到的东西。我的父亲萨培的父亲拿着这个粮票到商店去，买来一种叫作"糖包包"的用甜面包着核桃仁、花生仁、干果，上面有龙凤等图案的像个艺术品或者至少也算是一件工艺品的叫人舍不得吃的几块点心。这东西不仅外表好看，吃起来甜得简直让人不由地想起毛主席那慈祥的笑容。许多年来未曾吃到甜食的我的父亲萨培一家人更是每个人的脸上露出了甜美的笑容。我的父亲萨培永远无法忘记那种滋味，后来他参加工作拿到工资，也不要什么粮票就能到处买到"糖包包"的时候，他就经常给家人买这种东西。可是不知道怎么，他再也找不到从前那种滋味，这就像后来他披着羽绒被睡在席梦思床上的时候，找不到从前穿着父亲的羊皮袄睡在母亲做的牛粪床上的那种舒适的感觉一样。所以如果有人自以为是地对"幸福"下定义，那么他肯定是一个十足的傻瓜。

自从我的父亲当增寒假结束回到学校后，我的父亲萨培眼前总是有一条鲜红的三角形布条在向他召唤的感觉。他一次又一次地向父母提出自己要上学的要求，但是都被父母拒绝了，于是他经常像丢了魂似的不说话不走动，像患有什么疾病。我的父亲萨培的父亲多次想起阿尼喇日山脚下的那眼泉水，可是冬季牧场离阿尼喇日山有两天的路程，加之一想起秋季牧场上的那次批斗他就不寒而栗。

"呀——这可怎么办呢？"我的父亲萨培的父亲抚摸着自己的下巴问自己。

"我看还是让他去上学的好。"我的父亲萨培的母亲说。

我的父亲萨培的父亲继续抚摸着自己的下巴，过了很长时间后很不耐烦地说："嗨，你真的想上学吗？"

"当然。"我的父亲萨培顿时清醒过来。

"那你就不要装病了，等当增暑假结束的时候我就成全你。"

"我现在就去上学。"

"别说傻话，学校可不是想什么时候去就什么时候可以去的。"

"……"

我想我的父亲萨培的父亲当初无奈之下随便这么说了一下，实际上根本不想让儿子去上学。但是这句话比喝了阿尼喇日神的尿液或者说那眼泉水的效果还要好，从此我的父亲萨培一方面兴高采烈地等待着夏天，一方面见人就说："夏天我要去上学啦。"

有一次我的父亲萨培的母亲问他："萨考宝贝呀，你去上学难道就不想阿妈啦？"

"'凸眼'说刚开始的时候很想，但慢慢就不想了。我想刚开始我也会想，但慢慢就不会想了。"

我的父亲萨培的母亲当初只是想开个玩笑，但一听到这样的答复就伤心得流着眼泪说："这些孩子多么铁石心肠啊！"

我的父亲萨培看到这个情景心里一阵酸痛，也落下了眼泪，并且母亲眼泪鼻涕一起流下的这一瞬间死死地定格，并永久地储存在他的脑海中，随着年龄的增长不但没有模糊，反而越来越清晰。

7

好像上天特意补偿去年的干旱似的，今年雨水非常充沛，牧草长势喜人，整个泽雄草原充满活力。去年那些像牧人的脚掌一样皲裂的洼地，今年又变成了湿地，水中的青蛙忙着又是唱歌又是交配，水边的黑颈鹤那天籁之音，那翩翩舞姿，似乎在挖苦青蛙说："你们那个不是唱歌而是呻吟；你们那个不是做爱艺术只是延续后代。"这只是我的父母童年时代泽雄草原的情景，而我的记忆中从未有过这般情景，甚至那个有着动听歌喉和优美舞姿的黑颈鹤我也只是在画册和影像资料里见过而已。据那些资料显示这是一种濒临灭绝的珍稀物种，属于国家级保护动物。这个时候我的父亲萨培非常痛心地说："唉——你应该参加一个保护野生动物的组织啊。"

这次我的父亲当增放暑假回来后有更多的新闻，其中最让我的父亲萨培浮想联翩，甚至神魂颠倒的是学校里有个叫"六一儿童节"的无比美好的日子。这一天，除了内衣内裤和袜子之外，学校会给学生们发一套新衣服和一双新鞋子，还有很多牧民们连大年初一也吃不到的糖果等食物，白天唱歌跳舞和各种体育活动，晚上放映电影等。总之，你能想到的所有"幸福"这一天都会集中到学校里，每个学生脸上绽放着幸福的笑容。让人更加激动不已的是这一天守纪律，学习不错的学生带上崭新而鲜红的红领巾加入"少先队"，唱起"我们是共产主义接班人……"那情景有多么幸福，有多么光荣，如果你不亲临现场，别人是无法用语言来表达的。我的父亲当增说着说着本来就大而凸出的那双眼睛变得更大更凸出了。他越严肃认真，那双眼睛就变得越大越圆越凸出，好像要从眼眶里蹦出来似的。

"我就是那天加入少年先锋队的。"我的父亲当增无比自豪地抚摸着胸前的红领巾说。

"阿啧啧……"我的父亲萨培羡慕得那双小眼睛变成了一条直线。

"可惜有个经常说一些调皮话，让大家笑破肚皮，捡我们头上的虱子，教我们洗衣服等等，像父母一样关心和呵护我们的农区来的叫多布丹的副校长，那天看着我们唱歌说'嘿嘿，共产主义还没有到来，接班人已经到了，这就奇怪啦。'当天晚上就被抓起来了。"我的父亲当增摆出一副大人的样子非常痛心地摇摇头的同时，那双大眼睛也小了许多。

我的父亲萨培去上学的第二年，那个叫多布丹的副校长被放回来了，他一点也不像我的父亲萨培想象中的那么高大壮实（多布丹：藏语，意为强大），相反是个非常瘦小的人。现在他不是副校长而是学校的喂猪员，每次饭后他将学校食堂里的剩饭剩菜挑到校园一角去，那里圈着几头肥猪等他喂养。之后他将自己圈在那间整个窗户被报纸遮盖的房间里。

两年前的那个夏天，我的父亲萨培的父亲说："呀——小子，现在你既不要妈妈，也不要牛奶，非要去那座贫瘠的土城，这也许就是你的命，我也不阻拦你。但是有一条你要牢牢记住：不管干什么事情就要干到底。一旦去了学校就不许逃回来，好好考虑考虑吧，你现在反悔还来得及。"

"我绝对不会逃回来。"我的父亲萨培斩钉截铁地回答的同时，高兴得两只眼睛变成了一条直线。

8

虽然至今未找到任何线索，但我时常认为我的两个父亲的上一代或再上一代一定有亲缘或者某种特殊的关系。因为在当时两家阶级成分不同，至少别人认为立场不同：一个是革命干部的家庭，另一个是"四类分子"的家庭，在这种情况下就是亲戚也要划清界线，至少在表面上不敢互相来往。但是我的两个父亲他们两家关系密切，所以我的两个父亲自然也成了前面所说的"一件皮袄里成长的兄弟"。

一听到我的父亲萨培要去县城上学的消息，我的父亲当增高兴得手舞足蹈。他说："这下可好了，有'凹眼'在，那个该抽血致死的厚嘴萨智就不敢随意抽我的嘴巴。"他所说的"该抽血致死的厚嘴萨智"看来是个真正应该抽血致死的家伙。就在我的父亲萨培入校的第二天中午，一个身材高大、嘴唇厚大、身着破旧的人们称为"汉装"的校服，左胸前别着一枚大的毛主席像章，背着双手，脸上露出不怀好意的微笑的人来到了我的父亲萨培的宿舍里。老学生们争先恐后地溜出去了。他一边盯着每个新生的脸说："哇！这么大的鼻子。""这脸黑得像锅底一样。"……一边给每个人脸上抽一巴掌。他来到我的父亲萨培的面前很惊讶的样子说："阿啧啧，这世上竟然有这么小的眼睛，呸！这哪是什么眼睛，这分明就是屁眼儿嘛！"正准备扇巴掌的时候我的父亲萨培出其不意地用他那双经过夏天被雨淋、冬天被风晒后坚硬得像石头一样的牛皮靴尖狠狠地踹了一脚。这一脚不偏不离正好踹到对方的胯部。"厚嘴"萨智抱住自己的胯部咬住厚厚的下唇，痛苦地紧闭着双目，额头上顿时渗出汗水。这样静静地待了五分钟之后慢慢地伸直身子，长长地舒了一口气,用袖口揩着汗水严肃地说："呀，你小子竟敢抚摸野牛的角尖，老虎的獠牙！今天我不捏碎你的睾丸，不拔掉你的阴茎，我就不是男人！"正打算把我的父亲萨培按到床上的时候他耳边响起"咔哒"一声，眼前一片漆黑，黑暗中又闪烁星星，趔趄一下，差一点瘫倒在地。当"厚嘴"萨智转过身来的时候，我的父亲当增双手握着用来挑水桶的一根木棍，又一次出其不意打在"厚嘴"萨智抱脑袋的手上。就在这时，我的父亲萨培背靠高低床的梯子，往"厚嘴"萨智的臀部上踹了一脚，使本来就摇摇晃晃的"厚嘴"萨智趴到了地上。以往受到过"厚嘴"萨智无限欺辱，现在从窗户往里观看的老学生们的心中同时产生喜悦、仇恨、勇气，他们不约而同地涌入宿舍，又不约而同地踹遍了趴在地上的"厚嘴"萨智的全身。"厚嘴"萨智没有了愤怒，也没有了反抗的勇气，甚至连求饶都没想到，任随雨点般的拳脚打在身上。学生们累了，每个人心中的仇恨也减少了许多。他们终于停了下来，一个个气喘吁吁地坐在床上。"厚嘴"萨智慢慢地爬起来，耷拉着失败的脑袋，走出了那间宿舍，走出了那所学校，走出了那座县城，再也没回来。所以后来我的父亲萨培时常说他毁掉了一个人的前程，显得很内疚的样子。

学校里来了一个岁数很小，眼睛更小的学生，这个人轻易打败了"厚嘴"萨智并夺取了他的霸王地位。这个消息霎时间传遍了整个校园，使那些岁数小的孩子和女生们更加恐慌，因为"厚嘴"萨智专门欺负比自己小的孩子和没有任何反抗意识的女生。不知他是有意还是无意，总之很多学生无法忍受他的欺辱就辍学回家了。我的父亲萨培虽然打败了"厚嘴"萨智，夺取了他的地位，但是他并不像他的前任那样欺负别人，对女生们更是连个吓唬一下的举动都没有过。

9

　　年级高、岁数大的男生们除了打篮球以外还有一项其乐无穷的娱乐活动，那就是强行让年级低、岁数小的男生们打架。我的两个父亲打败了"厚嘴"萨智，夺取了他的地位，把他赶出了学校的消息传开后，那些年级高、岁数大的男生们很兴奋。他们把我的两个父亲分别带到两个宿舍里，又叫来与我的两个父亲年龄相仿的学生，强行叫他们打架。那些年纪大的男生们围坐在高低床上高喊着"打呀！""打呀！"……那情景就像古代罗马斗兽场上观看人与猛兽搏斗的贵族们。

　　"父母的肉，打就打。"不知我的两个父亲被那些年纪大的男生吓坏了，还是根本不惧怕那些年纪小的男生。他们像蒙古摔跤手出场那样摇动着身子走到对方跟前，拳打脚踢，一会儿功夫让各自的对手败得喊爹叫娘。我的两个父亲沾沾自喜的时候，那些"贵族"把他们俩带到同一间宿舍里，叫他们两个相互打架。这是他们两个万万没有想到的，也表示坚决不服从。一个比"厚嘴"萨智年级高、年龄大，也比"厚嘴"萨智更加残暴的人来到他们俩中间，两只手分别摸着我的两个父亲的脑袋，突然间用力将两颗脑袋狠狠地碰撞了一下，使我的两个父亲眼前一片漆黑，黑暗中闪烁星星。然后把我的父亲萨培按到地上骑在身上使劲蹴了几下，差点把他的小眼珠蹴出来。我的父亲萨培落下了入校后的第一滴眼泪。

我的父亲萨培的父亲因为在没有得到任何批准的情况下私自使用集体财产，而且到阿尼喇日山下取明令禁止的"尿液"或者"药泉"后，用现在的话来讲被吊销了牧羊员执照，和那些戴着帽子，失去人身自由的人一样干着生产队里最累、最脏、最危险（如炸石山、筑畜棚等）的活儿。当我的父亲萨培去上学的那天他的父亲不知又被派往何处，反正不在家。因此我的两个父亲的两个母亲让我的两个父亲合骑一头快到生命尽头的，到秋末初冬就要被屠宰的黑白花纹的老犏牛前往县城。我的父亲萨培的脑海里清晰地记得那天的情景：现在摩托车、大小汽车畅通无阻的叫"花湿地"的地方，几十年前像繁星落地似的到处都是大小不一的水洼，像都市的道路似的大小河流纵横交错。所以不熟悉那些草丛间弯弯曲曲的小路的人骑着马牛也难于前行，甚至有陷进泥潭丢掉性命的危险。从泽雄大队的夏季牧场到泽雄县城就必须要从花湿地的中间经过，尤其是那天早晨浓雾弥漫，只有几十米距离的牧户与牧户之间都看不清，所以我的两个父亲的两个母亲说只能明天去。但是我的父亲萨培很着急地说："雾不到中午就会散去的，说不定我们还不到花湿地边雾就已经散了呢。"

"看他急的，过几天不逃回来才好，行行，那就走吧。"我的父亲萨培的母亲笑着说。

正如我的父亲萨培所言，不久雾分成一团一团飘向天空。但是又正如牧民们所说的"飘上天空的雾是大雨，渗入地面的雾是烈日"，还不到晌午就下起了雨，而且越下越大。他们到达花湿地中央的时候，稍微夸张一点说这里已经是"一片汪洋"了，就是走在凸显出来的高处地，牲畜的蹄子深深地陷下去，需要用力地拔出来，蹄孔里立刻溢满泥水。这时候我的两个父亲和他们的两个母亲已经在花湿地的正中央，除了继续往前跋涉之外没有其他选择。他们的衣服完全湿透了，一个个像溺死的鼠尸，或者按汉族的说法——像"落汤鸡"那样狼狈不堪。更加糟糕的是他们涉过一条河流快到彼岸的时候，我的两个父亲胯下那头老犏牛用力一跳，将两只前蹄踩到比水面高出一米左右的岸上的一刹那，我的两个父亲从牛背上滑下来，"噗咚""噗咚"两声掉到河里。

许多年后，不知我的父亲当增是否还记得此事，但我的父亲萨培将这一切当作一件十分美好的回忆储存在脑海里，每当提起这件事情，他微微一笑，小眼睛彻底眯起来说："那个时候生活虽然艰苦，但是人们的心境就像当时的自然环境一样纯洁无瑕。当时那些被迫从事繁重劳动，没有人身自由的人的心情比现在那些生活奢侈，高高在上的人差不多，因为当时自杀的人基本上都在社会的最下层，而现在正好相反。"

10

一块非常宽阔、非常平坦、非常丰美的草地上围着一座座非常宽敞的院子，那一座座非常宽敞的院子被四条非常笔直的十字形沙石路分成东南西北。这就是人们所说的"泽雄县"。我的两个父亲和他们的两个母亲来到泽雄县城的时候，那四条非常笔直的沙石路的一边亮着一排排非常暗淡的街灯，所以他们知道已经很晚了，没有去我的父亲萨培日夜向往的学校，而直接去了我的父亲当增的父亲先巴所在的一座院子。院子里面长有高而密的牧草，看来那头快到生命尽头的老犏牛和其他两头牦牛今晚可以美美地吃上一顿，然后一边反刍一边拉着洗脸盆大的牛粪好好地休息一宿了。可是主人们就没有那么幸运，我的父亲当增的父亲先巴的房屋墙上贴着马克思、恩格斯、列宁、斯大林、毛泽东的大幅彩色相片，这些相片下面一根粗长的铁钉上挂着我的两个父亲所熟悉的那一把步枪和一把手枪，再下面是一张涂有深红色油漆的木床，床上叠着一床蓝花布面子的被子，与木床同样颜色的桌子上整齐地摆放着两本红色塑料书皮上烫金书名的藏文版《毛泽东选集》，书桌两侧和前面各摆放一把深红色靠背椅，窗前一个板凳上摆放一个搪瓷洗脸盆，房屋正中间的铁皮炉子里只有一把冷灰，炉子上面的铝壶里连一点冷水也没有。除了以上所述，整个屋里几乎什么都没有了，更不用说一口吃的和一件穿的东西。我的两个父亲和他们的两个母亲看到这个情景，每个人的心情就像那个炉子里的冷灰一样，一下冷了许多。

"如果你们早几个小时到的话就可以在食堂（汉语）里吃饭，可是现在一点办法也没有了。"我的父亲当增的父亲先巴的这句话更让大家的心情冷得发抖。

"至少可以生个火吧？我们的衣服都湿透了，都快冻僵了。"我的父亲当增的母亲叶洛用失望而不满的语气说。

"今年雨水多，没人卖牛粪。噢，对了，我到老钟家里去要点牛粪来。"我的父亲当增的父亲先巴说完出去了。

后来我的两个父亲了解到那个叫"老钟"的人是我的父亲当增的父亲先巴他们单位的秘书，名字叫"钟有德"，他的性情像一团羊毛一样温和，经常受表妹兼妻子的那个女人的打骂，他的孩子多得像一窝猪崽，而且多半是不同程度的残疾人，粮站供应的那点粮食根本不够吃。他们家的主要生活来源是我的父亲当增的父亲先巴在下乡和回家的途中猎杀的野生动物和他自己在星期日泽曲河里钓来的花鱼，还有在院子一角一小块菜园里的萝卜和白菜。

我的父亲当增的父亲先巴拿来了半麻袋牛粪后不到半个小时，一个上身穿着磨破了领子和袖口的白衬衫，下身穿着已经褪色并在两个膝盖上打着补丁的蓝布裤子，鼻梁上架着比玻璃瓶底还要厚的眼镜的人进来了。他拿着四个大空碗和比那些碗大不了多少的一口小锅，锅里飘着热气的同时一股香味弥漫了整个屋子，原来这是一锅压面片。我想一定是我的父亲当增的父亲先巴用蹩脚的汉语说"老婆孩子来了，吃的喝的没了"。

我的父亲当增的父亲先巴将锅拿到老钟面前，用非常蹩脚的汉语说："老钟同志，你老婆多多的，尕娃多多的，你不幸福我幸福。"他想表达的意思是："你老婆孩子多，你生活困难而我不困难，请你把这锅面拿回去。"

这是又粗又黑的压面片里除了几块细小的黄羊肉和几块萝卜片以外什么都没有，但是我的两个父亲和他们的两个母亲觉得从来没有吃过如此美味可口的食物，一个个睁大眼睛死盯着空空如也、体态窈窕的小锅，想象着这口锅至少再大一倍该有多好啊。这情景叫人不由地想起莫泊桑的《羊脂球》中的那个情节。

11

我的父亲萨培的父母认为很多孩子送到学校后又逃回了家，他们的儿子不久也同样会逃回来的。因此当我的父亲萨培的母亲回去的时候说："花湿地有多么危险你自己昨天亲眼看到了，昨天还有我和当增的妈妈叶洛，好歹也没有走错路，如果走错了路就会陷入沼泽地的泥潭里必死无疑。所以你什么时候想回家就一定要找一下来县城的咱们大队的人，他会把你放在坐骑的屁股上带回来的，如果没人带，你就给我们捎个话，你爸爸或者我来接你回家。你千万不能一个人徒步回来，不要在泽曲河里游泳，不要打架斗殴，千万不要偷别人的东西，别让自己饿着……"如此这般，除了没有说"好好学习"之外千叮嘱万叮嘱，最后含着眼泪依依不舍地走了。我的父亲萨培每次听到"陷入泥潭"这句话，就不由地想起牧人们经常讲的一个童话故事：一只狼看到一匹马陷入泥潭中，狼准备吃的时候马对它说："亲爱的狼大叔啊，首先你把我从泥潭中拉出再吃岂不是更方便吗？"狼觉得有道理，就把马从泥潭中拉出来准备吃的时候，马说："亲爱的狼大叔啊，你把我身上的泥洗干净了再吃岂不是更香吗？"狼觉得有道理，就把马身上的泥洗得干干净净正准备吃的时候，马又说："亲爱的狼大叔啊，请你给我念一下我后蹄跖上怎么去来世的那段文字再吃好吗？"狼觉得这也可以，正在看马的后蹄跖的时候，马儿狠狠地尥起蹶子，正好踢中了狼的脸，使其当场毙命，马儿顺利地回到了家。

学校除了给每个新生发放用四张羊皮合缝的一床被子和大约两平方米的长方形毛毡褥子外，没有发放所谓"校服"的衣服和鞋子，更没有发放我的父亲萨培日夜渴望的叫作"红领巾"的红布条。宿舍里靠墙排列着木质高低床，老学生们已经占据了上铺，新生们只好睡在下铺。本来一个宿舍里安排的基本上是一个班级的学生，但是留级的学生数量与新来学生人数不分上下，因此我的父亲萨培等只好都睡下铺。这已经成为没有规定的惯例。睡在下铺的人经常遭到从上铺的木板缝隙中下来的尘埃落入眼睛的折磨，甚至要忍受个别睡上铺者尿床的"淋浴"。当我的父亲萨培跳级后与我的父亲当增成为同班同学同宿舍的时候，睡在他上铺的正好是一个名字叫贡布，绰号叫"尿袋"的，全校出了名的尿床者。几乎每天早晨起床时我的父亲萨培吼道："唉哟，阿爸的肉，这个可恶的'尿袋'又……"大呼小叫起来。这个时候整个宿舍的人幸灾乐祸地大笑起来，而贡布则闷起头来装睡。

"唉哟，阿爸的肉，这个该死的'尿袋'又把我给害惨了！唉哟，你这可恶的尿袋，你别装死，快起来看看你干的好事！阿爸的肉，要让这个该死的尿袋尝尝拳头的滋味……"

我的父亲萨培再也无法忍受。一天晚上睡觉之前，我的父亲萨培在我的父亲当增的帮助下，用一根铁丝强行绑紧贡布的阴茎，并警告说："如果明早日出之前你敢取下铁丝，我一定会拔掉你的丑屄！"这一夜我的父亲萨培身上没有落上一滴尿，可是天还没亮的时候贡布以撕心裂肺之声嚎啕大哭起来，原来贡布的阴茎肿得像一个圆球，铁丝深深地陷在里面不见了，不用劳我的两个父亲拔掉，它已经快掉下来了。

我的父亲萨培无法继续睡在贡布的下铺，就与我的父亲当增合睡在一起。

贡布不但夜里尿床，而且学习差得一塌糊涂，所以老师叫我的两个父亲给贡布辅导。

"九乘七得六十三。"我的父亲当增认真得大眼睛都快蹦出来了。

"九乘七……九乘七……"好像贡布的脑子里根本就没有"六十三"这个数字似的。

"毛主席保证，教这个'尿袋'还不如教一头牦牛。"我的父亲当增彻底绝望了。

"日本帝国主义。"我的父亲萨培给贡布教汉文。

"日边的国……"好像贡布的嘴里塞进了一块石头似的。

"日——本——"我的父亲萨培更加认真地一个字一个字地念。

贡布嚼着铅笔的橡皮擦念："日——边——"

"阿爸的肉，这个'尿袋'好像没有舌头似的。再念'日——本——'"

"日——边——"

"唉哟！朝鲜。"

"朝——新——"贡布已经嚼掉橡皮擦的一半，还是不会发出准确的读音，我的父亲萨培也绝望了。但是话又说回来，在考试的时候贡布有着别人难以想象的各种各样的作弊绝技，比如说在伤痕累累的课桌上刻个窟窿，平时里面塞一团纸，考试的时候打开书放在底下，取掉那团纸。等等。所以他一直没被留级，直到初中毕业。

12

我的父亲萨培入校两个多月后的一天早晨刮起一阵狂风，之后下了两天两夜的雨加雪，使泽雄县城那四条宽敞而笔直的沙石路和整个校园泥泞不堪。平时在教室里上课和宿舍里睡觉的时间之外，整天漫无目的地到处乱跑的学生们也东倒西歪地躺在脏兮兮的薄毡上。

雨过天晴后大气明显地冷了许多，而且一天比一天冷了下去。于是学校给每间教室和宿舍里发放了炉子，同时也给学生们发放了冬装，感受到了社会主义大家庭温暖的每个学生脸上充满了幸福的笑容。可是对我的父亲萨培来说这是一个难以置信的、痛苦不堪的、挥之不去的黑暗的日子，因为学校宣布他和另外三个学生"家庭成分有问题"，没有发给叫做"校服"的那套深蓝色棉衣和那双牧民们称之为"傻鞋"的黑胶底黑帆布棉鞋。

那另外三个"家庭成分有问题"的学生当中有个叫久美多

吉的和我的父亲当增同班同学，不久也成为我的父亲萨培同班同学的人，久美多吉好像一点也不在乎那套衣服，自然也不在乎什么"家庭成分有问题"。他总是无忧无虑的样子，又不大喜欢跟任何人过于亲近。

有些同学顿时就以鄙视的眼神看着我的父亲萨培，甚至有个年纪大、班级高的学生说："这个家伙原来是个阶级敌人！应该斗臭斗垮！"我的父亲萨培闷头躺在床上不吃不喝，他用幼稚而纯洁的脑子对"家庭成分有问题"这句话思考了一天一夜后得出的结论是：他的父亲去阿尼喇日山下取了"尿液"或者说"药泉"的那件事情。但是后来他得知问题比这事严重几倍——他未曾谋面的祖父 1958 年被抓去劳改了。

看到我的父亲萨培流着入校后的第二次眼泪，我的父亲当增对他产生怜悯之心，就拿出正在当枕头的自己去年的那套棉衣给我的父亲萨培穿。虽然我的父亲萨培的眼泪止住了，但他总觉得这套衣服比学校正式发放的有着很大的、根本上的区别，所以不久脱掉放在原处，依然陷入痛苦之中。无奈之下我的父亲当增干脆脱下自己的新衣服给我的父亲萨培穿。

"这不是衣服新旧的问题。"我的父亲萨培没有接受我的父亲当增的新衣服。他决定辍学回家，又突然想起他父亲说过的"不管干什么事情，一定要坚持到底。一旦去了学校，绝不允许逃回来"。于是他留了下来，将所有的心思都放在学习上。当初我的父亲当增所说的非常好玩的篮球等玩具或者确切地说体育设施，我的父亲萨培没有多少兴趣。实际上那个叫"篮球"的最好玩儿的东西经常被那些年纪大、班级高的学生们牢牢地霸占着，像我的两个父亲那样的小屁孩们除了夜深人静的时候以外就连摸一下的机会都没有，甚至有些自私的家伙连睡觉的时间都抱着篮球不放。

藏族有句格言叫"知识本无主，就看谁下苦"。我的父亲萨培付出的努力有了看得见、摸得着的结果，那些开头是"a o e"和"ka ga kha nga"的课本他早已倒背如流。一天下午，学校召开全体师生大会。那个满口假牙，戴一副和老钟的眼镜一样厚的灰发校长讲的话，通过一个年轻的、农区口音很重的老师翻译成藏语，大意是高度表扬我的父亲萨培的学习成绩。对"家庭成分有问题"而连校服都没发的人在全体师生大会上给予表扬是完全出乎所有师生的意料，更让人出乎意料的是为了鼓励其他学生，学校决定让我的父亲萨培跳一个班级。

我不知道这对其他学生是否起到了鼓励作用，但是这使我的父亲萨培的学习热情更加高涨，更让他高兴的是他和我的父亲当增成为同班同学。可是没有给他发放校服的事情对他幼小的心灵造成了创伤，他的脸上很少见到笑容，就成了前面所说的本·杰明的模样。

13

泽雄大队的冬季牧场比夏季牧场离泽雄县城近了很多，所以我的两个父亲的亲人们来县城的次数多了起来，就连没有多少人身自由的我的父亲萨培的父亲有一天也来到学校，他问我的父亲萨培饿着没有。

"没有饿着。"我的父亲萨培答道。实际上学校的伙食很不错，饭量再大的学生也饿不着肚子。

"跟人打架了没有。"

"没有。阿爸，我学习好，跳级了，现在是跟凸眼一个班。"我的父亲萨培自豪地说。遗憾的是我的父亲萨培的父亲压根儿不在乎儿子的学习好不好，更不知道"跳级"是什么东西，所以他也没表扬一下。"过几天宰冬肉后给你捎点来。"说完走了两步又停下来，转过身体，诧异地看着我的父亲萨培说："学校不是给你们发汉装了吗？你怎么没穿？"

"我……我……"我的父亲萨培支支吾吾，头低到胸前。

"汉装被人偷了？"

"不是。"

"那怎么回事？"

"学校说我的家庭成分有问题，没……没有发汉装。"我的父亲萨培落下了入校后的第三次眼泪。

"唉——你本来就不应该上什么学。"我的父亲萨培的父亲说："我看你还是回家的好。"

"阿爸，所谓'家庭成分有问题'，指的是不是您取药泉的事？"

"不是。指的是你的爷爷被抓到监狱的事情。"

"我的爷爷为什么被抓到监狱里？"

"因为他不想加入合作社。"

"合作社是什么？他为什么不想加入？"

"那是要把私人的牲畜和财产交公的一种制度……呀，不说这些啦，这事情比较复杂，你也没有必要知道。其实你去学校后有两个你们学校的老师到我们队里调查我们家里的情况，当时我就想他们会把你从学校开除掉。即使你毕业了也不会让你当干部的，所以我看你还是回家的好。"

那个以前的副校长，现在的喂猪员，说一口流利的牧区话的农区人多布丹，有一次把我的父亲萨培领到自己的房间里说："呀——小伙子，听说你学习很好，跳级了，能跳级的人可不多啊。"我的父亲萨培没有说什么，于是喂猪员继续说："听说学校没有给你发冬装是吧？"我的父亲萨培低下了头，好像自己干了一件坏事似的仍然没有说话。

"唉——"喂猪员叹口气说："学习的目的不是为了一套衣服，甚至不是为了当干部。那么学习的目的究竟是什么呢？那是为了做一个明辨是非，坚持真理的有价值的人。这一点随着你年龄的增大和知识的增长就会明白的，所以你现在什么都不要想，什么都不要管，要全心全意、更加刻苦地学习啊。"

喂猪员多布丹经常穿着一件厚厚的旧大衣，腰系一根草绳，给人的初步印象就是一个名副其实的、表里如一的喂猪员。可是不知怎的，你如果稍微仔细端详一下他的脸，就有一种特别吸引人的、不由地想给他展开心扉的、令人肃然起敬的魅力。因此，我的父亲萨培擦干眼泪对他的父亲说："学习的目的不是为了一套衣服，甚至不是为了当干部。所以我坚决不回去。"

"嘿嘿，那么学习的目的又是什么？"

"是为了做一个明辨是非，坚持真理的有价值的人。"我的父亲萨培非常严肃、庄重地说。

"嘿嘿，"我的父亲萨培的父亲看着他，忍不住笑了出来，"嘿嘿，看来这个小屁孩好像真的懂得什么是非什么是真理了。嘿嘿……好好，你还想待一段就待一段吧。不过我们现在去一趟黄嘴女裁缝那里给你做一套棉衣，不然的话你在没做明辨是非、坚持真理的有价值的人之前就会冻死的。"

学校发的那些校服有的短得只到手臂和小腿中间，摇摇手掉下袖子，伸伸脚扯开裤裆；有的大得袖口里见不到手指，裤腿拖在地上早已磨烂了。相比之下，黄嘴女裁缝量了尺寸后做的淡蓝色棉衣不但结实、合身，颜色也比学校发的校服漂亮。

但是我的父亲萨培觉得这更加明显地证明自己被孤立了，所以他很少穿这套棉衣，依旧穿着那件他母亲缝制的皮袄。几年以后，也就是我的两个父亲初中快毕业的时候，学校里来了一个和我的父亲萨培一样喜欢经常穿皮袄的姑娘，她的真名叫拉姆卓玛，昵称叫拉考。她是从一个乡镇小学毕业后来到县民族中学的，她就是我的母亲。

14

你认为我的父亲母亲初中还没有毕业的时候就已经谈恋爱了的话，那么你就完全错了。那个时候我的父亲萨培每次看到我的母亲拉考时心里想："好可怜，她一定也和我一样是个'家庭成分有问题'的人。"而我的母亲拉考每次看到我的父亲萨培时心里想："好可怜，据说比有些老师的水平还要高的这个人，似乎除了这件旧皮袄以外就没有其他衣服可穿。"就此而已，直到七八年之后他们才相识，这时候我的两个父亲是整个泽雄县第一个大学毕业生，也是整个泽雄县第一个穿西装打领带的人，立刻成为人们关注的焦点，也成了姑娘们争风吃醋的不和谐因素。

就在我的两个父亲春风得意的时候，身体素质原本较差的我的父亲萨培突然从讲台上晕倒，住进了医院。和整个泽雄县城一样，几十年来没有任何变化的这家医院里的一切，我的两个父亲再熟悉不过了，因为十几年前他们俩分别在这家医院住过一段时间。

不懂汉语，更没有曲艺知识的学生们对那些一边乞丐乞讨似的颤抖着双手，一边"啊——啊——啊——"没完没了地唱歌或者哭喊，叫人立刻打瞌睡的电影（指革命样板戏）没有多少兴趣。但是晚上没有自习，白天上课的老师也越来越少的那个年代，学生们只能在这个叫作"礼堂"的、召开批斗大会和放映电影二位一体的地方打发日子。尤其是一到周末，家离县城不远的学生们回家后校园里空荡荡的，再加上校园正中央那根上面涂着一层厚厚的沥青，黑黑的、高高的木杆顶端的高音喇叭里伴随着狂风和杂音传出的"大海航行靠舵手，万物生长靠太阳……"以及排山倒海、震耳欲聋的口号声让牧民的孩子们感到无比寂寞，不由地想起亲人，想起牛羊，想起吠声……

我的父亲萨培穿着皮袄，我的父亲当增穿着棉衣，快到礼堂门口的时候，突然用汉语"站住！站住！"的吼叫的同时，两个成年人追赶着一个孩子跑过来。我的两个父亲不由地停下了脚步，那孩子气喘吁吁地来到我的两个父亲身边时，凭借微弱的街灯我的两个父亲见到他们的同学"尿袋"贡布满脸鲜血。就在这个时候，伴随着悦耳的"咔哒"一声，我的父亲当增瘫倒在地。

请你设想一下：一个乳臭未干的小屁孩看到自己的伙伴突

然倒在血泊中死活不明的时候，是什么样的表情？有什么样的反应？有什么样的举动？其实答案很简单，他们跟大人没有多少区别。我的父亲萨培一时呆若木鸡，再看看四周，"尿袋"贡布不见踪影，追赶他的那两个成年人也不见了，空荡荡的马路上除了尘土和几块破大字报被风扫来扫去之外没有一点动静。他感到更加恐惧，求助的目光再次扫视周围，忽然发现不远处医院的大门迎接贵宾似地向他敞开着。

"情况不妙，关乎生命。"医生们说着给公安局打电话报案。

"不是你打的，那你说是谁打的？老实交代！"公安人员毫不客气地询问我的父亲萨培。

"阿爸的肉，我不是说了吗？是两个大人打的。"

"谁能证明？也就是说当时有没有其他人在场？"

"其他人？有，'尿袋'在场。"

"什么尿袋水袋！叫什么名字？"

"叫贡布，他是我们的同学，那两个大人开始就是追赶贡布来的。"

"现在他人在哪儿？"

"应该在学校里。"

贡布被带到医院的时候，他脸上的血还没洗掉，裤裆也被湿透了。我的父亲萨培摆脱了警察的盘问，不久电影院的两个检票员或者守门员被拘留了。

　　原来贡布拿着一张几天前被用过的一张电影票想蒙混过关的时候被检票员发现，让耳边响起雷声般的一拳把他转向左边，另一个检票员也没闲着，让眼前闪烁千万颗星星的一拳把他转向右边，鼻血嘴血同时喷涌。贡布摇摇晃晃地走了十几米，停下脚步，转过身来，大声迸出"日你妈！"，然后拼命逃跑。

　　值得庆幸的是这场意外的灾难没有危及我的父亲当增的生命，也没有留下一点后遗症，一个星期后他出院了。但是从此以后我的两个父亲跟医院结下了不解之缘。

15

　　当初，我的两个父亲不知道医生和护士有什么区别，还以为打吊针、测血压、量体温的那些人是医生中医术高明的人。不但我的两个父亲这样想，他们的家人似乎也是这样认为的。我的父亲萨培住院的时候他的父亲对量体温的护士说："医生，我这儿子得的……"那个护士用蹩脚的藏语说："我不是医生。"就匆匆地走了。

　　我的父亲萨培的父亲想问的肯定是"我儿子得的到底是什么病？"因为我的父亲萨培体温正常又没有任何疼痛，他就是不吃饭不说话。这种情况往往比那些没完没了地喊叫呻吟的病人更加可怕。

　　我的父亲当增将两只眼珠更加凸出地说，那天他们俩在睡觉的时候一个说"'凸眼'你往后一点。"另一个说"'凹眼'你往后一点。"有时他们相互搔胳肢窝，痒得咯咯直笑，笑得我的父亲当增的两只大眼睛差点蹦出来，笑得我的父亲萨培的两只小眼睛成了一条直线，这是他难得一见的开怀畅笑。他们闹够了，笑累了，平静下来。我的父亲萨培突然说："嗨，让那个'尿袋'睡下铺，我睡上铺怎么样？"

　　"对呀，两个人睡一张床确实有点挤。"我的父亲当增完全同意我的父亲萨培的观点。

　　我的父亲萨培对贡布说："在下铺你想撒多少尿随你的便。"

　　我的父亲当增对贡布说："睡下铺再也用不着拿铁丝绑你的丑尿。"

　　贡布当然不愿意把自己的上铺拱手让人。但是这该死的"凸眼"当增和"凹眼"萨培就连"厚嘴"萨智都打得屁滚尿流，赶出学校，那么在他们这些小岁数、低年级的人里面谁还敢说不呢？

　　赛马就要今生今世赛

　　来世没有机会赛

　　唱歌就要今生今世唱

　　来世没有机会唱

……

我的父亲萨培哼着小曲，正在春风得意。但是人往往最春风得意的时候，灾难也是离他最近的时候。一个老师突然来到他们的宿舍里吼道："谁在唱歌？"其实他早就知道唱歌的人是谁。他指着我的父亲萨培的鼻子继续吼道："你知道有什么'来世'吗？你见过什么'来世'吗？谁给你睡上铺的权力？给我滚下来！"

我的父亲萨培下床的同时嘟囔道："贡布他经常尿床，我每夜被尿淋得……"

那个老师打断我的父亲萨培的话，更加发疯似的吼道："你活该！全校师生往你身上撒尿把你淹死才对！你不会不知道你们家的成分吧？你这个该死的阶级敌人的狗崽子！"

第二天早晨，我的父亲萨培也不在乎贡布的尿把他的羊皮被子湿了一大块，凹陷的双眼盯着上铺木板上尿液浸湿后留下的抽象画般的图案。他不吃三餐，不跟谁说话，也不理他最亲近的我的父亲当增，这样过了两天后学校通知他的家人。他也不跟家人说话，所以被送到医院。

"这次绝不能把他送回学校。"过了两天后，我的父亲萨培的父亲对我的父亲萨培的母亲说。

"我一定要回学校，我现在就回学校。"说着我的父亲萨培站起来。

"啊啧啊啧，这小屁孩怎么这么倔犟。小子，你听我的，你还是回家吧，村里多半是所谓'家庭成分有问题'的人，谁也不会瞧不起谁，你何必在这里受欺辱呢？"

"绝不！"

"啊啧啊啧。"我的父亲萨培的父亲问我的父亲萨培的母亲："你们家族是否有如此倔犟的人？"

我的父亲萨培的母亲思索一下，摇摇头说："没有。你们家族好像也没有吧？"

"绝对没有，这家伙像谁了。算啦，医生也说他没有什么病，那么还是随他去吧。"

我的两个父亲还是睡在一张床上。值得庆幸的是，我的两个父亲一起跳了一级，这一跳终于摆脱了贡布的尿液，但是他们一辈子也没能摆脱贡布本人。

喂猪员多布丹非常兴奋地再次把我的父亲萨培领到自己的房间，用非常纯正的牧区口音说："好样的，真是好样的，很少有人能跳级，连续跳级两次的人更是寥寥无几。继续努力吧，这样下去将来肯定能成为一个大有作为的人，学习知识是世界上最为光荣的事情，因为知识就是力量，知识能改变一切。其他的事情都不重要，一点也不重要。再说这是一块富饶的草原，你们至少饿不着肚子，而我的家乡土地贫瘠，庄稼没有多少收成，大人小孩都在挨饿。所以你没有理由不好好学习，更没有理由在乎其他的事情。"

16

喂猪员多布丹已经听到在"六一儿童节"期间学校仍然不打算给我的父亲萨培发校服，更不让他加入少先队。因此，他以"其他事情都不重要，一点也不重要"这句话来提醒我的父亲萨培应当有所心理准备，也以此来提前安慰他。但是"六一"前一天大伙儿就已穿上了崭新的校服，到了"六一"那天，很多学生，甚至仍然把"日本"念成"日边"、"朝鲜"念成"朝新"的"尿袋"贡布都带上了鲜艳的红领巾，高高地举起右手唱起"我们是共产主义接班人……"，还有从小在一件皮袄里成长的、和自己形影不离的伙伴当增被评为"三好学生"参加很多活动，的时候，我的父亲萨培深感自己真的被整个世界抛弃了。他一边真的想辍学回家，一边憎恨未曾谋面的那个祖父不愿加入合作社的愚蠢行为，他孤独寂寞而漫无目的地徘徊在校园后面的那个空地上，那里已经长出了三四指高的绿草，蒲公英等一些小花朵已经绽放或正在绽开，几只蜜蜂鸣着好像还没有彻底睡醒似的微弱声音飞来飞去，鸟儿们则像校园里的那些孩子一样唱着动听的歌、跳着欢快的舞。他看见一个百灵鸟窝里有一只鸟蛋就停止脚步，蹲下身来仔细端详。草原上有个说法：年内你头一次见到的鸟窝里只有一只鸟蛋，叫做"独行老虎"，这一年你会战无不胜；有两只鸟蛋叫做"成双乞丐"，这一年你会受苦受累；有三只鸟蛋叫做"三颗珠宝"，这一年你会发财致富。我的父亲萨培想到喂猪员多布丹说的那句话——学习知识是世界上最为光荣的事情，因为知识就是力量，知识能改变一切。

"我要学习知识，这一年一定要做个战无不胜的人。"我的父亲萨培回到学校进入教室，把课本拿到面前，可是校园里的歌声和嘈杂声使他无法集中注意力，于是他拿着课本又回到校园后面的那块空地上，从此他养成了拿着课本独自一人到这块空地上去学习的习惯，因此也跟我的父亲当增在一起的时间少了许多。尽管如此我的两个父亲依然是最亲密的伙伴，所以有一次我的父亲当增向他的父亲先巴说出了我的父亲萨培学习刻苦，成绩优异，连续跳级两次，但是学校不但不让他加入少先队，就连冬装夏装一次都没有发的情况。

我的父亲当增的父亲先巴压根儿不关心孩子们的学习成绩，甚至不懂什么叫作"跳级"。他说："不让萨培加入少先队是有道理的，这是他的家庭成分所造成的，谁也没有办法。但不给他发衣服完全没有道理。"于是他让秘书老钟去把那个戴着和老钟的眼镜一样厚的校长叫了过来。

我的父亲当增的父亲先巴有点气过头了，还没等那个农区的翻译过来就说着发音和语句都很不标准，甚至可以说几乎不是什么汉语的一种语言的同时，莫名其妙地脱光了自己的裤子。他想表达的意思是"你不给学生发衣服，那么是不是学生应该这样光着屁股走？"他又从自己的口袋中掏出几张钞票和布票塞进校长的口袋里，意思就是"你不给个别学生发校服，那么那些钱和布票你是不是想装进自己的口袋或者已经装进去了呢？"

这可把灰发校长吓得不轻，他瑟瑟发抖，厚眼镜一次又一次地滑到鼻尖上。这个时候翻译进来了，我的父亲当增的父亲先巴也慢慢平静下来，他坐下来用藏语说："我想我们敬爱的领袖毛主席也肯定没有说过让那些家庭成分不好的学生光着身子走，所以在我看来你虽然有文化，但毛主席著作学习得还是不够。对不对？"

"对对……我这就给那些学生发衣服。"

"我看你还是多学点毛主席语录吧，只有这样才不会犯下如此愚蠢的错误。是不是？"

"是是……"灰发校长直接去找黄嘴裁缝，让她连夜给那几个学生做衣服。奇怪的是我的父亲萨培总觉得这衣服与其他人的衣服还是有本质上的区别，所以他很少穿那套衣服，依然穿着皮袄。

17

说来奇怪，不知为什么，我总觉得我的两个父亲的前辈们一定有亲缘关系或者联姻关系，所以我在创作这部小说的同时还调查过此事，遗憾的是一个普通的草原牧民人家根本就没有类似于家谱这样的文献资料，口碑资料只能追溯到四五代人，因此至今没有任何收获。

藏汉两种文字的《为人民服务》《纪念白求恩同志》《愚公移山》是那个年代小学、中学和大学共同的语文课，就连这个也几乎没人正常教学。学生们的任务是批斗"四类分子"、聆听"忆苦思甜"、写大字报、拾牛粪、灭鼠兔、逛大街、打篮球，当然还有打架斗殴等。

虽然我的父亲萨培时刻牢记着"学习知识甚至不是为了当干部"，但是今年初中毕业班里的两名"家庭成分有问题"的人没让参加工作，这使我的父亲萨培的学习积极性或多或少受到影响，也有可能他还提前进入了青春期，总之他开始骚动起来，主动挑起事端。有一次他去校园后面的那块空地时，看见一个汉文班的学生将一只小鸟身上的羽毛一根一根地拔掉，我的父亲萨培走到他身边，出其不意地拔掉了他的一束头发，那学生疼得将手中的小鸟也掉在地上，可是小鸟只是在地上打滚跳跃，未能飞向天空。那学生摸着头走了十几步后回过头来说：

"我日你妈！"之后拼命地逃跑。我的父亲萨培也拼命地追赶，本来身体素质就不怎么好，加之身上的皮袄明显阻碍了他的速度。第二天中午我的两个父亲在学校大门口正好碰上昨天那个学生，我的父亲萨培再次拔掉了他的一束头发。那学生像昨天一样走了十几步后又重复了昨天那句"我日你妈！"

这次他没有昨天那么幸运，我的父亲当增本来跑得快，又穿着轻便的校服，一会儿便追到了那个学生，动作敏捷地把右脚伸到那个学生的左脚前，那个学生重重栽到满是沙石的路面的同时往前滑行一步左右。我的父亲萨培骑在他身上拔掉了他的一大把头发，觉得昨天被这个人拔掉羽毛的那只小鸟的痛苦和自己被粗俗不堪的语言谩骂的屈辱同时减少了一半，这才放了他。万万没想到的是那学生既不哭叫，也不动弹，像断了气似的就趴在原地。我的两个父亲当初没有太在意，十二分得意地回到宿舍。还不到一个小时，一个满口黑牙，腰间系着手枪的人带着两个肩上扛步枪的人抓走了我的两个父亲。整个学校顿时沸腾起来，几乎全体师生追赶过去，在大门口截住了那些人。那个腰间系手枪的人这才说："我的儿子在医院里昏迷不醒。"我的两个父亲听懂了大概意思，顿时吓呆了，两只凹陷的眼睛和两只凸显的眼睛扫视着每个老师的脸，似乎在寻找庇护。

"你们也不跟学校领导说一下情况就把学生抓走，这难道不是土匪的行径吗？"灰发校长开口了。

"你是说我人民公安是土匪吗？"带手枪的人发火了，指着灰发校长的鼻子说。

"别的学生打架的时候可没见过你公安局长亲自大驾光临啊。""你这种行为就是彻头彻尾的公报私仇！"……老师们七嘴八舌，根本不给黑牙公安局长说话的机会。本来就非常气愤的公安局长掏出了手枪。

"吓唬谁呀！有本事你开枪吧！好一个人民公安的局长，你不把枪口对准阶级敌人和土匪强盗，反而对准人民教师和革命接班人，你居心何在？你这是原则问题和立场问题！"在那个年代，在这种情况下最具杀伤力的语言武器不是讲真理，摆事实，而是尽可能地用政治术语、扣政治帽子。不过话说回来，这又是一把双刃剑，如果对方思维敏捷，伶牙俐齿，人多势众，有可能抓住你的一句话反咬一口，把你送进监狱，至少搞得鱼死网破，两败俱伤。好在公安局长顿时软了许多，立刻把枪装回枪套，但他还是坚持要把人带走。

"借一步说话。"灰发校长把黑牙局长带到一边，厚眼镜几乎贴着对方的脸嘟囔了一句，公安局长张着大嘴，傻呆在原地一动不动。灰发校长得意地挥挥手示意大家回去。

我的猜测是：灰发校长告诉黑牙局长我的父亲当增的父亲是谁，还说："所以，如果你儿子的伤势没有你说的那么严重，我看你最好还是三思而后行。"

18

"该下地狱的'凸眼',那天如果没有那些恩人老师,咱俩肯定被打得连糌粑糊糊都咽不下去。"我的两个父亲用难听的话称呼对方的时候实际上是表示亲近。

"该下地狱的'凹眼',那个时候好像还不太会害怕,现在回想起来真的怕得发抖。"

"是啊,那天那个公安局长知道你是谁的儿子,他就不敢抓我们吧?"

"这倒有可能,不过话又说回来,如果他知道你的家庭成分的话,会把你抓走把我留下的,不是吗?"

"那是肯定的。"

许多年后,我的两个父亲每当回忆往事的时候,这是非提不可的一件有惊无险、其乐无穷的事情。另外还有一件此类的往事:县城唯一的职业理发师——一个六十多岁的没有一根头发,头皮发亮又有点发红的,绰号叫"红头"的汉族老人,让人觉得他选择这个职业与其说是为了谋生不如说是从内心深处妒忌有头发的人。他天天一边跟自己岁数相仿的一个汉族盲人聊天,一边慢吞吞地干活,看样子思想不在工作上而在聊天上。一个星期天我的两个父亲去理发,"红头"理发师和往常一样一边聊天一边给我的父亲当增理发,理完之后将我的父亲当增的头摁到洗脸盆里。我的父亲当增发出令人心惊肉跳的惨叫声的同时跳了起来，原来"红头"理发师聊天聊得入迷，竟然忘了沸水中加冷水。

头给活活煮了，煮得跟理发师的头一样发红，"红头"理发师连一句道歉的话都没有，而且理发费没有少要一分钱，更糟糕的是我的父亲当增无法将头放在枕头上，他只好趴在床上脸贴枕头，越想越不是滋味。就在这个时候"尿袋"贡布来到他身边，幸灾乐祸地说："听说今天你们宿舍里有煮熟的头肉吃，是真的吗？"他的裤裆几乎整个裂开后用根细铁丝马虎地缝了一几下，稍微仔细一看，还是能见到他那无数次往我的父亲萨培身上撒过尿的生殖器随着身体的摆动而左右摆动。

"滚开！"我的父亲当增没好气地说："尿味道呛人。"

"快起来！"贡布手里拿着一寸长的香烟头一口吸完后说："去报仇。"

"去报仇？怎么报仇？"

"你们尽管跟着我身后看热闹就行，'凹眼'你也去。"

我的两个父亲兴奋不已，立刻起身跟随贡布出去。贡布在街上捡了几块石头装进口袋，也叫我的两个父亲捡石头。大街上和往常一样，除了尘土陪伴着破大字报像幽灵似的移动之外没有一个行人。他们三个人走近"红头"理发师家那座低矮的土房，小窗户里亮着非常微弱的、让我想起"鬼火"的灯光，没有任何动静。贡布学着那些电影中经验丰富的侦查员，打了个手势示意我的两个父亲退后，退到一定的距离后，贡布突然喊"打！"石头雨点般打到窗户的同时响起一阵"噼里啪啦"的声音，那脆耳的响声让我的父亲当增不仅解恨而且有点陶醉。这时随着贡布一声"跑！"他们掉头跑回去。没跑多远，"红头"理发师的儿子们各个手持木棍出来，他们穷追不舍，一直追到学校里、追到宿舍里，好在他们还没进入宿舍之前，贡布和我的两个父亲已经爬到高低床上面，将天花板的一块纸板推到一边，钻到天花板上后，又将纸板放回了原处。

那天晚上宿舍里没有别的学生，也许他们出去正在干着和我的两个父亲他们一样的勾当。"红头"理发师的儿子们像电影中敌人搜查地下党的住处那样掀翻了每一件羊皮被子，低头仔细查看每张床底下，结果除了几块残缺的干馒头之外什么也没找到。他们用诧异的目光互相注视大半天后同时摇摇头走了。

"该下地狱的'凹眼'，如果当时被他们发现，毫无疑问会被他们打得眼前闪烁千万道星光吧？"多年后我的父亲当增每次这样问。

"毫无疑问。"我的父亲萨培每次这样回答。

19

校园左右两边各有五排土木结构的瓦房，右边是全校教职员工的宿舍和走读的汉语班的教室；左边是藏语班的教室和宿舍，中间的空地是叫作"操场"的体育活动场地，大型会议和批斗大会、忆苦思甜会也在这里举行，操场上方一排房屋是教师办公室，其左角屋檐下用钢丝绳挂着一块拖拉机犁片，开始是用来当作上下课铃声或钟声的，目前只有召开批斗大会和忆苦思甜大会的时候才有人敲响它。教室、宿舍、办公室、电线杆和围墙上都贴有藏汉两文的、各种颜色的大字报和各种标语，而且昨天贴的上面今天又帖，今天贴的上面明天又贴……现在有的地方已经有刀背那么厚了。

五十岁左右的曼腊是经常到这个学校忆苦思甜的常客，他正好与我的两个父亲是同村人。曼腊不用参加生产劳动，他唯一的任务就是到各个生产队和学校去诉说旧社会的黑暗，歌颂新社会的光明——忆苦思甜。

急促而长时间地敲响教师办公室屋檐下的那块犁片叫作"紧急集合"，这是藏语词典中没有的又一条新词汇。如果敲响"紧急集合"的钟声，全校师生和员工像战备状态下的官兵一样立刻到操场上集合，那时候曼腊早已坐在一把椅子上。他那件脏得已经分不清当初颜色的衬衣胸前挂满了大小不同、形状各异的毛主席像章，又生怕别人看不到这些像章似的在这寒冷的冬天也将皮袄的领子推到腰间。飞扬的尘土落下来了，学生们咳嗽的声音静下来了，曼腊才咳嗽一下清清嗓门开始讲话了。他今天讲的主题是他小时候的一个大年初一去千户金巴家里讨口饭吃的过程和感受。这个他已经讲过无数次，而每次都有各种变化的故事，他在自己村里召开的忆苦思甜大会上也讲过多次。所以我的两个父亲清楚地记得这个故事——大年初一那天，他饿得再也受不了，于是去了千户家，指望在这个吉祥的日子里千户家怎么也不会让他饿着肚子回去。千户富得流油，家里摆好了牛羊肉、藏式点心、油炸馍馍、肉包子以及各种美味可口的糖果。看到这些美食他感到加倍饥饿，就抓住一个肉包子（有时候说是一块肉，有时候又说是一颗糖）塞进嘴里。没想到千户金巴掐住他的双腮，掏出那个包子放进了自己的嘴里。

我的两个父亲还清楚地记得村民们在私底下与家人或自认为可靠的人之间议论："那曼腊连撒谎都不会撒，连诬陷都不会诬陷，一个堂堂千户怎么也不会吃你的吐污，简直是笑话！"

"可不是吗？他还不如说'从我的嘴里掏出来扔给狗吃了'，这样别人还有点相信的可能。"

"啊啧啊啧，这世上还有如此忘恩负义的人，他的老爸为了养活他们几个兄妹吃过不少苦啊。"

"啊啧啊啧，这世上尽然有如此一点意思都没有的人。"

"唉——三宝保佑，这是什么世道呀。"

"嘘——当心被人听见。"

曼腊用两个小时讲的话翻译用二十分钟的时间给汉语班的师生译完，对此曼腊十分不满，他说："你在蔑视我这个无产阶级。"

这位翻译是个幽默而大胆的人，据说其文化水平在全校，乃至全县仅次于喂猪员多布丹。有一次他给县委书记当翻译，这个书记是个非常傲慢的人，而且每讲一句话几乎都带一句鲁迅称之为"国骂"的"他妈的"。他命令翻译绝对不许落下他讲的每一句话。翻译有意将"他妈的"也译出来。根本没有这种语言习惯，而且一家男女老少都在一起的群众害羞得无处躲藏。书记知道原因后吼道："谁叫你连这个都翻译！"

"我也觉得有点不妥，特别是您开口'毛主席'，闭口'他妈的'，这实在是有点……可是我又有什么办法呢？您刚刚说过每句话都不许落下。"翻译装出一副很为难的样子。

"他妈的，"书记心想，如果有人利用这句话作文章、扣帽子，我得吃不了兜着走。他既害怕，又下不了台。

连县委书记都敢捉弄的人，对付一个"一点意思都没有"的牧民当然不在话下。他以蔑视的口吻对曼腊说："如果我是一个像脂肪一样的资产阶级的话有可能蔑视你，但我是一个像瘦肉一样的无产阶级，不信你去看我的档案。"

藏语班的师生哈哈大笑起来，同时把快要冻僵的脚有节奏地跺起来。会场上一下子扬起尘土，学生们又开始咳嗽。主持人宣布今天的忆苦思甜大会到此结束。

曼腊在回去的路上越想越气愤，粗鞭子狠狠地、一次又一次打在坐骑的臀部上，疼得坐骑不停地摆动尾巴。

20

学校里也不是完全没人上课，个别老师凭着良心尽可能地给学生教点知识。我的父亲萨培说这可能跟喂猪员多布丹有一定的关系，因为他多次发现喂猪员多布丹非常隐蔽地在私底下给有些老师讲授各种知识。

我的父亲当增说的喜欢钓鱼、掏鸟蛋的唐老师是一位皮肤白净、性格温和、英俊帅气的经常穿着一身洗得发白的衣服、说一口标准的汉语普通话，讨很多人喜欢的后生。如果有人非要挑他的毛病，那也只能说他"洁癖"。他在给汉语班上《睡在我们身边的赫鲁晓夫》这篇文章的时候有个学生突然问："老师，睡在我们身边的赫鲁晓夫到底指的是谁？"

唐老师不假思索地回答道："是江青同志。"

不必多说，他被斗垮、斗臭，一身干净的衣服被弄脏、撕烂后送到该送的地方去了。

"唐老师只不过说一口标准的普通话，其实他肚子里没有多少墨水。""唐老师和郑老师都在追求赵老师，让那个学生问这个问题的正是郑老师。""不对，让那个学生问这个问题的是郑老师，但他俩不是争赵老师，而是争副校长的位置。"

后者说的可能没错，因为没过多久郑老师真的当上了副校长。他没跟赵老师结婚，而是从自己的老家领来了一个和黄嘴女裁缝一样满口黄牙的村姑。

不管怎样，从此以后本来就没几个人上课的汉语班彻底停课了，藏语班上课的人也明显减少。食堂里有吃不完的菜、馒头和酥油，夏天还有奶茶和酸奶。学生们往馒头上咬一口就扔到床底或天花板上，打"馒头仗"是家常便饭。有饭吃却没事做的生活是幸福还是痛苦，我不得而知。多年后我的父亲萨培常常很惋惜地说："我们荒废了少年时期。"但是与其他学生相比我的两个父亲还是学到了一点东西：喂猪员多布丹时不时地把他俩叫到自己的房子，对照藏汉两文将《为人民服务》和《纪念白求恩同志》等文章中的词汇、语法，甚至加拿大等国家的人文地理讲得一清二楚。所以我的两个父亲还没有小学毕业基本上就能用藏汉两种文字写书信、日记等应用文，这使当时的初中毕业生，甚至高中毕业生都是望尘莫及的。遗憾的是再也没人管学生的学习成绩，更没人让他们跳级了。我的两个父亲时而在喂猪员多布丹跟前学习，时而到处惹是生非。

公历十月初开始，天气突然降温，学生们的脸色变青，鼻涕也多了起来。学校给学生宿舍和教室里发放炉子，同时县城周围的牧民们往牦牛身上驮着牛羊粪来到县城卖给学校和其他单位。学校那个有狐臭的'金牙'管理员从一个牧民手中要了一整块羊尾巴后，牛羊粪袋子便越来越小，牛羊粪也越来越湿，到后来袋子变得比皮袄袖子大不了多少，且里面直接装上几块冻牛粪后卖给学校。这使每座炉子里白天黑夜只冒烟不着火，冻得学生们自发地白天到野外去拾牛粪，夜里到别的单位或学校食堂去偷牛粪。

'尿袋'贡布和我的两个父亲夜里进入学校食堂的牛粪房，在黑暗中往水桶里装牛粪的时候贡布突然惊叫一声，尿液顿时湿透了裤裆，划了一根火柴，原来喂猪员多布丹拿着半麻袋牛粪也在这里。

"你们可以将牛粪拿到我的房子里取暖。"喂猪员多布丹没有一丝不自在的表情，也没带走自己的牛粪袋就出去了。与此相反的是，三个学生产生一种不知是恐惧还是羞愧的感觉，背着麻袋提着水桶，站在喂猪员多布丹的门口足足有十几分钟。敲门进去呢？还是把牛粪搁在门口回去？他们仨犹豫不决的时候喂猪员多布丹突然开门叫他们进去。进去后学生们依然显得很不自在，这毕竟不是什么光彩的事情。可是喂猪员多布丹从容地让学生们把牛粪倒在墙角，这情景好像是自己掏钱买了一点牛粪似的，还说："以后弄到一点就拿到这里吧。"好像在说："以后有牛粪买，就拿到这里。"学生们正在诧异地站在那里的时候，喂猪员又说："你们如果不需要烤火的话就可以回去了。"学生们根本不需要烤火，他们已经是满头大汗了。仨人门而出，一个个深深地舒口气，有如释重负的感觉。贡布拿出从电影院的垃圾堆里捡来的一截烟头，深深地吸了一口。

21

泽雄县完全学校分藏语班和汉语班，藏、汉语班又各分小学部和初中部。藏语班的主要课程为藏语文、汉语文和数学，教室里几乎没有四条腿完整的桌子和椅子，同样也没有上课、作业和考试，甚至有些班级连班主任老师也没有。尽管如此，学生们照样一年升一级。这样，我的两个父亲升到初中部时，依然不会背诵乘法口诀，依然将"日本"念成"日边"、"朝鲜"念成"朝新"，有时候依然尿床的"尿袋"贡布第二年也升到初中部。我的两个父亲完全不知道贡布的真实姓名似的一贯称呼他"尿袋"，对此贡布没有丝毫的不满，他依然跟随我的两个父亲。时间长了，不见贡布的寒、暑假期间我的两个父亲还真有点想念他。

暑假期间的一天傍晚，我的父亲当增来到我的父亲萨培家里，晚餐后已经是满天星斗。他们在帐篷旁边露天睡觉，没想到后半夜突然下起了大雨。我的父亲萨培的母亲把他们带进帐篷睡觉。

"昨晚我梦见'尿袋'了。"天亮后我的父亲当增说。这个时候我的父亲萨培的家人都早已出去正在跟牛羊打交道。

"我也梦见了，梦见他尿床后尿液正好滴到我的脸上。我想赶紧起身，可怎么也起不来；我想挪一下身子，可怎么也挪不动，我正在犯愁的时候妈妈来叫醒我了。这时候才发现雨水淋湿了我的脸。"我的父亲萨培趴在枕头上说。

"我梦见我们跟着唐老师去泽曲河边钓鱼的时候'尿袋'掉进河里，奇怪的是大家只是哈哈大笑，谁也没有去救他，眼睁睁看着他被河水冲走。我想下水救他，可唐老师一边哈哈大笑，一边紧紧地抓住我不放，后来'尿袋'活活被河水吞没了。"我的父亲当增好像真的发生了这一幕似的很伤心的样子。

"今天我们去看'尿袋'怎么样？"

"你知道他们家在哪里吗？"

"他不是智茂大队的吗？问一下不就知道了嘛？"

"那就去吧。"

其实智茂大队离泽雄大队不远，我的两个父亲各骑一头牦牛，一会儿功夫到了贡布的家，可是贡布家里一个人都没有。邻居家一个中年妇女说贡布昨晚被另外一个帐圈的狗咬伤了，伤势严重，家人今天一大早就把他送到县医院去了。

"他晚上去别的帐圈干什么？"我的父亲当增不解地问，两只大眼睛快掉出来。那妇女显得很害羞的样子，微笑着低下了头。

我的两个父亲相互对视了一阵，突然发现了一个非常可笑而丢脸的秘密似的笑起来，同时掉转牛鼻，双腿夹一下牛肚子，飞也似的跑回去。跑了一阵后慢慢陷入沉思中，松开牛鼻绳任其前行。

"暑假结束后不知道还能不能见到'尿袋'。"我的父亲萨培的两只眼睛变成一条直线，自言自语说。

"没听说过被狗咬死的，应该不会有事吧。"我的父亲当增自我安慰说。

俗话说，"消息越传越大，食物越传越小"。贡布被狗咬伤的消息再次传到我的两个父亲耳边的时候已经是"智茂大队一个男孩的'秤杆秤砣'连根被狗咬掉。"我的两个父亲在胯间不由地一阵痛痒的同时，想道："可怜的家伙，现在他可能白天也尿裤子。"

没想到当暑假结束回到学校的时候，贡布的"秤杆秤砣"完好无损，屁股上的咬伤也已经完全愈合。

"达贝叔叔在别的帐圈有个相好，他叫我帮他去一下，当我俩到达那个女人的白布帐篷门口时，一条鬼狗不知从哪里冒出来冲我屁股上狠狠地咬了一口后又不知去向。啊喷喷，毛主席保证，差点把睾丸给咬下来了。"贡布讲完后还心有余悸地不停摇头。

"反正你那玩意儿连尿都控制不了，咬下来了也罢。"我的父亲当增说。

"你那玩意儿只是个累赘，没有一点作用，要是我的话现在就割下来喂狗。"我的父亲萨培说。

"毛主席保证，你们俩有完没完？天天拿我开心，什么意思嘛！"看来这次贡布真的有点生气了，说完就走人了。几个人哈哈大笑，就像我的父亲当增梦见贡布被河水冲走时的情景。

没想到贡布泪流满面地又回来说："我……我一直把你们两个当作兄弟……当作偶像，可你们两个从来就看不起我。这也罢……也罢，可你们两个为什么这么狠心？我的那玩意儿没有了对你们两个有……有什么好处？我……我长这么大了还尿床，本来就够可怜的了……可你们两个……"他越说越伤心。弄得我的两个父亲不知所措的同时产生从未有过的怜悯之心，差一点也哭了，一个劲地说他们是在开玩笑，他们也一直把他当作最好的朋友，正因为这样在暑假期间还专门去过他家里，可结果……这才让贡布停止了哭泣。

22

才加叔叔每隔二三个月来到我们家里做出一副发生了一件突发事件的样子，而且用至少他自己认为是标准汉语，开口一个"罗同校"（老同学），闭口一个"罗同校"说："唉呀，罗同校，快给我借点钱，一发工资马上还你。"然后说声"谢谢罗同校"就拿着从刚开始的几百块钱到后来的几十块钱走人。老实说他这种做法根本不是什么借钱而是要钱，因为他一次都没还过。我的父亲萨培也很清楚给才加借钱等于石投大海，从来就没指望能要回来，加之我母亲每次表示很不满，发牢骚好几日。尽管如此，我的父亲萨培还是照样借或者说给一点，只不过数目一次比一次少。

才加叔叔是我的两个父亲升到初中的那一年，从一个乡完全小学毕业或确切地说在那里白白浪费了好多年时间后还想继续浪费几年时间就来到县城，成为我的两个父亲的同学。他比我的两个父亲大五岁，也是他们班里岁数最大的人。不过他性情温和，很少欺负比自己小的学生。他和'尿袋'贡布一样把"日本"念成"日边"，更让人难以置信的是他连藏文也只能拼着读。他唯一的能耐就是会讲几个故事或传说，开始各宿舍里的人们邀请他去讲故事，谁都知道世界上没有免费的午餐，作为报酬，大家集体行动，从电影院的垃圾堆里捡来很多烟头热情款待他。

　　"有一次乙达盖拉去拉卜楞寺，半路上突然有个人端着枪拦住他说：'如果想活命的话留下马和枪，然后滚到一边去！我是乙达盖拉。'乙达盖拉说：'遵命遵命，饶命饶命。'立刻下马，背上的枪挂在马鞍上慢慢地走到一边。那个人背上枪，牵着乙达盖拉的马正准备上路的时候，乙达盖拉从怀里掏出手枪说：'如果想活命的话留下两匹马和两支枪，滚到一边去！我才是真正的乙达盖拉。'"在自己的宿舍里没人用烟头招待才加，他也照样讲故事。

　　"然后呢？"人们异口同声地问。

　　才加从枕头底下摸出一截烟头点火，深深地吸一口说："然后当然是乙达盖拉白白得到了那个人的马匹和枪支。"

　　"再讲一个。"人们异口同声地请求。

　　"行行，让我想一想，噢，对了，就讲贪婪的国王的故事吧。在很久很久以前，有一位像龙王那样富有的国王，在他的属下有一个贫穷的老妇，老妇的脖子上戴有一颗绿松石，贪婪的国王想得到那颗绿松石……"才加正讲得来劲儿的时候我的父亲萨培突然打断说："嗨嗨，'坨鼻'，你那天讲这个故事的时候不是说一个'老夫'的脖子上戴有一颗'天珠'吗？"

　　说句公道话，才加的鼻子不大不小不高不低，就是没有鼻子的样子，如果不是长在脸部中央，谁也联想不到这是个鼻子，只能说是一坨肉，所以他的绰号就是"坨鼻"。

"是呀,'坨鼻',到底是一个老夫还是一个老妇?到底是一颗天珠还是绿松石?"大家用怀疑而责怪的口吻追问。

"啊,一个老夫?一颗天珠?噢,对了,那不是同一个故事。"才加继续讲他的故事,可是除了"老夫"和"老妇","天珠"和"绿松石"之外没有任何不同。所以大家失望而气愤地说:"这个'坨鼻'是在撒谎!"

才加一再用"毛主席保证"来证明自己没有撒谎。可惜从此以后请他去别的宿舍用烟头款待的人越来越少了。更要命的是,不久之后藏译版的《水浒传》出版发行了,很多学生立即沉浸其中。甚至有的学生手持木棍或赤手空拳地吼着"哈!""嚯!"地一天到晚模仿书中的人物练功或至少自认为练功,梦想能成为身怀绝技、刀枪不入的勇士,根本没人请才加讲故事。甚至从前除了那些年纪大、班级高的人以外其他人连摸一下的机会都很少的学校唯一的篮球也扔在女生宿舍里。这个风气的直接结果是让那些年纪小、班级低的男生,甚至一些女生遭殃,他们随时随地成为练功者的活靶子。

贡布晚上读《水浒传》,早晨天还没亮就起床练功,还给自己取名叫"花和尚鲁智深"。这明显提高了他的藏文阅读能力,多年后他风趣地说:"用五年时间读小学还不如用四个月的时间读了四卷(藏译版有四卷)《水浒传》。"

23

入团申请书

敬爱的共青团组织：

我是出生、成长在党旗下的一名无产阶级的孩子，自童年时代起，我无限热爱和无限忠诚伟大、光荣、正确、战无不胜的中国共产党和伟大的领袖、伟大的导师、伟大的舵手毛主席，其热爱和忠诚程度完全胜过对自己的亲生父母，所以我以前加入了光荣的少年先锋队。现在我日夜渴望加入光荣的中国共产主义青年团组织，更好地学习和领会毛主席著作，为了将无产阶级文化大革命推向一个新高潮而献出自己的一切。做一名又红又专的党的助手……

"这么认真地写什么呀？"我的父亲萨培一把抢走我的父亲当增面前的纸，一看到标题就像抓了一件烫手的东西似的立马放回去，脸上的微笑瞬间消失，独自一人漫无目的地来到校园后面的空地上。

我的父亲萨培上小学的时候，每次看到别人的红领巾，就立刻产生一种自己被整个世界抛弃的感觉，有时候连饭也不想吃；好在升到初中后这种情况慢慢没有了。今天，我的父亲当增的那份申请书再次勾起了我的父亲萨培那个不堪回首的痛苦经历，心中对未曾谋面的祖父产生强烈的憎恨。他认为那个祖父把他们一家人推到了痛苦的边缘，更是把他变成孤家寡人。那个人还会继续让他们家一代又一代人遭人唾弃。唉——那是一个多么狠心的人！多么愚蠢的人！自己为什么有这么一个坏透了的祖父？他没有来到过这个世界上该有多好啊！"学习知识的目的就是做一个明辨是非，坚持真理的有价值的人。"呸！那个偷牛粪的喂猪员在痴人说梦！他站着说话腰不痛！不加入光荣的组织怎么能做一个有价值的人？可是……可是那个喂猪员脸上确实有一种值得信赖的、让人肃然起敬的魅力，这是为什么呢？我的父亲萨培这样思考的同时突然产生一种很想见一下喂猪员多布丹的欲望。他回学校的路上看见一个穿着皮袄的女生，不知为何，这个不起眼的女孩吸引了他的目光。

现在找的父亲萨培不像小学的时候那样经常穿皮袄，而是穿着"校服"或者说"汉服"。其实现在藏文班里除了冬天天气寒冷的时候之外很少有人穿皮袄。有位从一个公社小学毕业后来到县城上初中的女孩经常穿着皮袄，那时候她是个非常一般的女孩，后来也仍然是个非常一般的女人。但是那时候因为她经常穿皮袄，所以我的父亲萨培每次见到她的时候心里想："她可能也是一个跟自己一样家庭成分有问题或社会关系复杂的人。"心里产生怜悯。她的名字叫拉考，和贡布是同班同学。多年以后像空气一样看不见，摸不着，却时刻陪伴着、主宰着我们的叫作"命运"的东西把我投入到她的子宫里，几个月后她成为我的母亲。

还是接着上一句话题吧，我的父亲萨培来到喂猪员多布丹的房子门口就被一个不大不小的问题缠绕，那就是他不知道该用汉语喊"报告"还是直接敲门？因为一方面喂猪员多布丹现在不是老师，甚至不清楚他还是不是学校的正式职工；另一方面喂猪员从前是这所学校的老师，而且是副校长，更重要的是现在有些老师在暗地里仍然对他敬重有加，他也很隐蔽地给他们讲授知识。以前我的父亲萨培多次去过喂猪员的屋里，可那时候是喂猪员领着他进去的，所以没遇到过这个问题。我的父亲萨培正在犯愁的时候喂猪员多布丹突然开门了，他脸上那个值得信赖、肃然起敬的魅力再次出现在我的父亲萨培的眼前。

24

我的父亲萨培独自一人去校园后面的那块空地的时候发现有一座新的土堆。"这是谁堆起来的？为什么堆起来？"他正在纳闷的时候，校园里有人突然急促而长时间地敲起了那块犁片。

"若不是曼腊叔叔来到，那一定是又要给谁批斗。"我的父亲萨培自言自语的同时眼前出现了给"红头"理发师戴着高高的纸帽子，一根粗麻绳套在脖子上打个结之后从背后紧紧地捆住两只胳膊，卷起一股尘埃的同时前拉后推地带到学校的情景。

"学校里有什么鬼的话今天你就让大家见识见识，如果没有的话今天一定要把你这个坏分子斗臭斗垮！"一个左臂上戴着红袖章的男青年说着狠狠地压住红头理发师的脖子，头越低脖子上的麻绳勒得越紧，很快眼珠子都要掉出来了。

原来不久前"红头"理发师的儿子们将我的两个父亲和贡布追到宿舍后突然不见了，他们回去后把这个奇怪的现象一五一十地告诉父亲，红头理发师不假思索地说："毫无疑问那是在闹鬼。"

"红头"理发师在给人理发的同时一五一十地告诉那个盲人前两天发生的事情，还说自己的儿子们从来不撒半点谎，学校里确实有鬼。当理完发之后才发现站在自己面前的这个人正是红卫兵的头目。他一时呆若木鸡，然后狠狠地抽了自己一巴掌跪在地上双手合十求饶，但是一个名副其实的革命者绝对不会放纵宣传迷信思想的行为，红卫兵头目指着"红头"理发师的鼻子说一声"你等着"就走人了。真是祸不单行，几天后红卫兵头目意外地获知"红头"理发师的兄长以前是国民党的一名小官、1949年逃往台湾的重要信息。这种人往往不会草率地直接送往该送的地方，走之前还要举行各种各样的、大大小小的"欢送宴会"。"红头"理发师尝遍了各种"美味佳肴"后再也不知去向，我们知道的是这几年陆续参加工作的他的儿子们走出办公室拿起十字镐翻土运石。

当我的父亲萨培回到学校的时候不见戴着纸质高帽、双臂捆在背后的人，也不见胸前挂满毛主席像章的曼腊叔叔，只见他的一个女同学低着头站在大家面前。他正在纳闷的时候副校长走到那个女生身边指着她的肚子说："大家仔细看看！"我的父亲萨培这才发现那女生的肚子像学校的篮球一样。

"她已经承认了这是谁干的。"副校长在她面前来回走动着说："我们想给他一个主动坦白的机会，所以这里不再点名，散会后到我们办公室里来或者直接去向校长承认错误，这样可以从轻处理。如果不主动坦白，那么就让他像她一样站在大家面前接受批斗，然后开除出去！"他又指着那个女生的鼻子说她有多么不要脸，这是因为她资产阶级思想严重，而这一切又是因为毛主席著作学习不够所造成的后果，同学们千万不能学习这个有资产阶级坏思想的坏女人，要好好学习毛主席著作。最后他高高地举起右手大声喊道："打倒这条不要脸的母狗！把她立刻从学校里赶出去！毛主席万岁！无产阶级文化大革命万岁！万万岁！"

大家跟随副校长喊口号的同时卷起一股尘埃，把那个女生赶出了学校大门外。

有人说让那个女生怀孕的很有可能是"坨鼻"才加，因为才加最喜欢逛女生宿舍，特别是有两个人见过一天傍晚才加领着那个女生去了我的父亲萨培常去的校园后面的那块空地。对此才加十分严肃地说绝对不是他，而且藏语一个"三宝在上！"，汉语一个"毛主席保证！"来证明自己的清白。

又有人说让那个女生怀孕的是有狐臭的"金牙"管理员，因为那个女生时常去他的房间打扫卫生，她手里还有他房子的钥匙。现在回想起来这种观点有很大的可信度，因为那天那场绝对不允许每个学生、每个教职员工缺席的大会上只有"金牙"管理员没有到会，不久他调动了工作单位，再不久他娶了被学校开除的那个女生。

25

不知不觉中，我的两个父亲床上的尘埃和馒头碎末减少了许多，夏天他们几乎每个星期天都去泽曲河边洗衣服洗脚，甚至冬天有时候也去学校食堂前那口井口结着厚厚的冰、水桶勉强才能进去的水井中打水洗衣服。现在大多数学生在棉衣下面有衬衣线裤，小学时期的虱子虱卵也明显减少了，甚至在有的人身上已经彻底找不到了。

我的两个父亲好像彻底忘了相互的真实姓名似的用"凸眼"和"凹眼"来称呼对方，如果用"当增"和"萨培"来称呼对方的话就有一种有意疏远的感觉。因为他们从小这样称呼对方，所以其他同学有时候也这样称呼他们。我的两个父亲是同一年出生在同一个帐圈里的，是牧民们所说的"一件皮袄里成长的兄弟"。正如前面所说的那样，我时常觉得他们两个不仅是"一件皮袄里成长的兄弟"，而且一定还有一种更深层次的关系，可让人揪心的是到目前为止还没找到任何线索。

"嗨，'凸眼'，毕业后你打算干什么？"有一天我的父亲萨培突然问我的父亲当增。

"啊，毕业后干什么？我……我还真没考虑过。"我的父亲当增那双大眼睛睁得更大，反问我的父亲萨培："那么你打算干什么？"

"毕业后回到帐圈里，让我当个牧读学校的老师或者赤脚医生的话这学也算没有白上，但是我们'家庭成分有问题'，所以可能没有希望。"自从升到初三后我的父亲萨培经常想着这样一个不大不小的问题，今天终于向我的父亲当增吐露出来。

"这倒也是。唉，'凹眼'，我们两个继续上学怎么样？对，我们继续上学呀！"我的父亲当增的眼睛快要迸出来似地盯住我的父亲萨培的脸。

"在没人上课的学校里上学，难道不是荒废人生吗？"

"什么叫荒废人生？"

"这个其实我也不太清楚，是喂猪员叔叔经常很遗憾地说'唉，这些孩子的人生给荒废了。'"

"嗨，那个偷牛粪的喂猪员在胡说八道。"

"不，偷了一点牛粪说明不了一个人的好坏，我们两个也不是偷过牛粪吗？这学校里几乎所有的师生都偷过牛粪，你不想冻死就得偷牛粪，这算不了什么，如果饿极了我还会去食堂偷吃馒头呢。我越来越觉得那个喂猪员叔叔可不是一般的人，他给我讲过许多很有道理的问题，他还在私底下给一些老师上课，你肯定也听说他是全校乃至全县最有水平的人。"

"是呀，这我倒听说过，那么……我们两个去问一下喂猪员毕业后该干什么如何？"

"是啊，这倒是个好主意。"

我的两个父亲还是遇到了直接敲门还是用汉语喊"报告"的问题，就在我的两个父亲犹豫不决的时候喂猪员多布丹刚喂好猪来到自己的门口，他用埋怨的语气说："怎么？一块牛粪都没拿来？"

喂猪员看着我的两个父亲十分惊讶又很不自在的样子大笑起来，同时将我的两个父亲推进屋里。

我的两个父亲像当初偷过牛粪一样很不自在地支支吾吾了半天，才勉强表达出"毕业后应该干什么"的问题。

"继续上学，必须上学。"喂猪员多布丹严肃而高兴地说："我早就知道你们两个天资聪明，就是没想到你们已经会考虑自己的前程了，这很好。"

"可是……可是去没人上课的学校里上学，不是荒废人生吗？"

"不上学难道不是更加荒废人生吗？当然，参加生产劳动能挣点工分，参加工作能挣点工资。可是你们这里比起我的家乡生活条件也不算困难，再说你们还小，应该学点知识。汉族有句话叫作'天生我材必有用'，别看目前谁都看不起有知识的人，但是我敢肯定这种状况很快就会结束。有知识以后什么都不怕，这世界上只有知识这个东西有钱的人买不到，有权的人抢不去。至于学知识的目的是什么呢？那就是寻求真理，这些你们以后会懂的。好了，归根结底你们必须上学！在州高级中学有几个老师很有水平，跟我关系也不错，我可以把你们两个介绍给他们，他们会给你们做辅导的。"喂猪员显得有些激动，他将一把椅子放到桌子上，然后爬上去，把天花板上的一块纸板推到一边，取下一摞书。其中有铅字版的《格萨尔王传·霍岭大战》、油印的《简明藏文字典》、手抄的《白史》以及许多汉文书。我的两个父亲好奇地翻检了这些书。若干年后当我的两个父亲见到许多中外文学名著的时候，总有一种《红楼梦》和《奥勃洛莫夫》似曾在哪里见过的感觉。没错，那就是在喂猪员多布丹的这摞书里见过，只不过那是繁体字的版本。

"从现在起你们两个要把这本书倒背如流，然后我给你们讲解。不要给任何人说，不要给任何人看，一定要保密。"喂猪员将藏文语法《三十颂》交给我的两个父亲。

"好的，背完这个……是否可以看《格萨尔王传》？"有彩色插图的《格萨尔王传》深深吸引了我的两个父亲。

"当然可以。"

为了尽快看《格萨尔王传》，我的两个父亲用一天一夜的时间将《三十颂》背得烂熟，到喂猪员多布丹的门口用汉语异口同声喊："报告。"

26

每座山顶为了避免烈日的灼烤戴上了金色的遮阳帽似的变黄了的牧草，原野上到处都盛开着龙胆花，像是一块蓝色图案的淡绿色地毯。东方湛蓝的大空上明媚的阳光普照大地，一切都那么温暖，那么舒心，叫人不由地舒展一下身子，贪婪地呼吸一下新鲜的空气。但是泽雄县完全学校的大多数学生还在睡梦中。就在这个时候，教师办公室屋檐下的那块铁犁片被人急促地、长时间地敲打起来，与此同时在高音喇叭里传出庄严、压抑、悲怆的哀乐声。

满腔好奇之心和不愿错过一次批斗大会的学生们还没来得及洗脸，就匆匆来到操场的时候，汉文班的大多数学生已经在那里了。他们一个个脸上露出痛苦的表情，甚至有的人正在流眼泪。这使藏文班的学生们脸上调皮的表情顿时消失殆尽。

灰发校长站在大家的面前，十分悲痛地说："我们的太阳落山了，我们……"他的眼泪鼻涕同时流了下来，再也没能继续说下去。

很多学生莫名其妙地仰望天空，太阳不但没有落山反而正好是刚刚升起。温暖的阳光照在黄一块绿一块蓝一块的草原上，照在贴满大字报的每间房子的墙壁上，照在每个老师、每个学生的身上、脸上。

"比父母还要大恩大德的伟大领袖他……"灰发校长继续说，"昨晚逝世了。"

长时间的寂静后一个老师突然说："是毛主席？啊啧，毛主席也会逝世吗？这不可能！绝对不可能！"

"唉呦——完了完了，彻底完蛋了……"齆鼻炊事员一声撕心裂肺的、歇斯底里的叫喊后瘫倒在地。

在庄严、压抑、悲怆的哀乐声的陪伴下，人们一个接着一个哭了起来，整个校园立刻陷入哭声之中。

广播里一个非常缓慢而严肃的声音在一字一句地念着什么，其中藏文班的学生们能听懂的是"中国共产党中央委员会""中国共产党中央军事委员会""中华人民共和国国务院"等国家最高机构的名称和"伟大的马克思主义者""伟大的无产阶级革命家"等。

　　在哭声中听了很长时间的广播后，灰发校长发言说："我们要化悲痛为力量，高举毛泽东思想的伟大旗帜，把伟大的无产阶级文化大革命推向新的高潮，争取更伟大的胜利……"毫无疑问他把广播里讲的话简要地重复了一遍而已。

　　校长从商店里拿来了许多以往像我的父亲当增的父亲先巴这样的领导也只能凭"布票"才能购买的白布和黑布，把黄嘴女裁缝叫到学校，做了很多白花和黑袖章，免费发给每一个教师和每一个学生、每一个职工，其中包括"家庭成分有问题"的我的父亲萨培和"家庭成分复杂"的久美多吉，以及看起来一辈子没有出头之日的喂猪员多布丹。我的父亲萨培第一次尝到了"平等"的甜头，有一种被学校接纳的感觉。追悼大会结束以后，我的父亲萨培把白花和黑袖章被珍重地挂在床铺上方最显眼的墙壁上，似乎在证明自己已经被社会主义人家庭接纳的事实。

27

　　近十年来，用藏汉两种文字歌颂伟人领袖毛主席和伟大的无产阶级文化大革命；以不堪入耳的脏话辱骂孔子、林彪、刘少奇、邓小平以及美帝、苏修的各处场所，现在已转化成歌颂英明领袖华主席和辱骂"四人帮"的阵地。以前用在孔子、林彪、刘少奇、邓小平头上的像"东方红"牌拖拉机那么大的 X 字符咒一夜间转移到王、张、江、姚的头上，使人眼花缭乱。

我的两个父亲白天到校园后面的空地上去轮流朗读《格萨尔王传》，完全沉浸在其中，晚上到喂猪员多布丹的房间里聆听《三十颂》的讲解。

就在这个时候唐老师回到了学校，现在他的头发已花白，跟灰发校长没有什么区别。他的脾气变得暴躁，天天找郑老师的麻烦，有一天他从担任工业交通科科长的老乡那里弄来了一箱炸药，装在空瓶子里扔到泽曲河的一个漩涡里。一声震耳欲聋的巨响后，大大小小的鱼儿们翻着白肚皮漂浮在水面上。从此他几乎天天去炸鱼，有一次炸到了一条小腿那么大的鱼，人们惊讶地说："啊呀，炸了这么大的鱼。"唐老师说："这还不算什么，总有一天我要炸出个像郑老师那么大的让大家瞧瞧。"郑老师听到后彻底吓坏了，他立刻求爷爷告奶奶调回老家去了。几个月后红头理发师也回来了，他患有严重的帕金森病，红脑袋根本不听主人的使唤，像拨浪鼓似的一天到晚摇晃不停。他无法重操旧业，好在他的儿子们放下十字镐回到了各自的工作岗位上。再后来喂猪员多布丹被提任为泽雄县文化教育卫生科科长，但是多布丹说他只想当一名普通的教师，绝对不当什么科长。

全县教育事业做了一次大刀阔斧的调整，藏文和汉文班各分为小学和初中两所学校共四所学校；全县所有教师通过一次前所未有的考试后一批中学教师被调到各乡小学和县城小学任教，一批小学教师被调到两所中学任教。所有的学生参加一次考试后，有的升到上一年级班里，有的学生降到下一年级或再下一年级班里。这样一来我的两个父亲的大多数同学降到下一年级或再下一年级班里，有几个下一年级班甚至各乡小学里的学生升到初中班里来了。多布丹按照自己的意愿当了一名普通的中学教师。在同事们的强烈要求下，他担任了教导处主任。

据说在某个生产队里有个叫森华的孩子在自己那个早已还俗的父亲跟前自学，目前有了一定的水平。从前的喂猪员，目前的教导主任多布丹亲自去找森华，经过测试后发现他除了汉语汉文以外与我的两个父亲不分上下，就把他领上来放到我的两个父亲他们班里。森华性情温和，慈悲善良，聪明绝顶，不仅文化水平高，还有一定的、我的两个父亲所不知道的佛学知识。他在我的两个父亲的辅导下学习汉文，毕业的时候汉文水平也名列前茅。他说他根本没有打算上学，只是看着多布丹老师一片好意，不好意思拒绝就跟上来了。初中毕业后他没有参加工作，而是去拉卜楞寺出家为僧了，取法名为桑华嘉措。跟他一样毕业后没有参加工作，去拉卜楞寺当僧人的还有久美多吉，他的法名叫久美嘉措。

多布丹老师主动担任学校里最高的班级——初三班——我

的两个父亲他们班的班主任，还亲自担任藏、汉两门课程，在没有统一教材的情况下，他主要教藏、汉文语法和应用文的写作。他只是一个教导主任，但是学校的教学、纪律等似乎按照他的计划在进行。每个老师必须要备课和制订撰写教学计划，每个学生必须完成作业和参加考试，每个师生若无特殊情况绝对不许缺课。

28

就在我的两个父亲如饥似渴地学习的时候，我的父亲萨培又一次住院了，医生说他只是身体虚弱，没有什么大碍，需要休息和加强营养。

正如化妆品宣传广告里说的那样皮肤白嫩的、犹如正在绽放的花蕾那样充满青春活力的、黑白分明的双眸上方长长的睫毛往上卷曲的一个小护士，她不敢直接对视我的父亲萨培的小眼睛，只是温柔地微笑着，用白玉般的纤手轻轻地抚摸着我的父亲萨培的手给他打针。我的父亲萨培有一种莫名的舒爽又紧张的感觉，这种感觉他需要长时间地回味，他出院后那护士的容颜总是浮现在眼前，不由地联想起她的纤腰，她的胸部，甚至她的臀部。"见鬼！这是怎么回事。"从此以后我的父亲萨培不由自主地注意女同学们的身体，以前那些女同学们几乎跟他贴着脸请教课文里问题的时候他觉得很烦，可是现在那些女生来到他身边的时候感觉到她们身上有一种与男生们完全不同的味道，而且他喜欢这种味道，就像小时候他能闻到并喜欢我的父亲当增的父亲先巴身上的雪花膏的味道一样，与她们的身体接触的时候有一种莫名的舒爽和紧张混杂在一起的感觉。有一次他小心翼翼地抚摸着一个女生的脸蛋，可惜那女生深陷藏文语法《三十颂》中的一个难题，好像根本没有感觉到他的抚摸，于是他对她失去了兴趣，但是那个小护士身上的一切在他的眼前越来越清晰，越来越可爱。我的父亲萨培无奈之下告诉我的父亲当增，说医院里有个非常可爱的护士，她不敢直视他，她可能也产生了一种和自己一样莫名的感受。

"阿爸的肉，在你住院的时候她也偷走了我的心。求求你，去医院看看。"我的父亲当增显得比我的父亲萨培还兴奋，他说："也许有机会跟她说说话，认识一下。"

"你打算怎么开口？"

"应该说'你好，非常感谢我住院的时候你对我的照顾。'这个当然由你来说。"

"然后？"

"然后……然后就问她有没有时间看电影。"

"如果她说可以的话？"

"当然是买张电影票给她呀。"

"然后？"

"然后就看你的本事啰。"

"那么这对你有什么好处？"

"当然有啊，医院里不是有很多护士吗？你们在看电影的时候告诉她你有个最好的朋友，人也长得很英俊，让她下次带上一个和她一样漂亮的护士。"

"如果她真的带来一个漂亮的护士呢？"

"那就看我的本事啰。"

"那好吧，不过那个护士的穿着特别干净，所以我们也得洗漱一下，穿一身像样一点的衣服。"

"对，医院里的人都特别喜欢干净，还经常要求别人讲卫生。"

我的两个父亲到泽曲河边唐老师经常炸鱼的那个地方去洗了个澡，以去照相的名义借了全班同学中最好的两件衣服和两条裤子，一个同学的哥哥不久前刚从部队复员后把那顶军帽给了这个同学，这样的帽子对干部来说也是一件稀有的宝物，那个学生常说那顶帽子就是他的一切，像自己的生命一样珍惜着，从来不借给别人。但是我的两个父亲软硬兼施了好长时间后，他很不情愿地答应借给半天时间。我的两个父亲像是得到了那个美女护士的芳心似的高兴极了，他们轮流戴着那顶帽子相互欣赏着。好家伙！真像两个年轻的干部，甚至比真正的干部还有干部的样子，就像唐老师没有入狱以前一样帅气。但是我的父亲当增总觉得我的父亲萨培身上还缺少点什么，仔细一看才发现胸前缺一枚共青团徽章。我的父亲当增取下自己胸前的团徽正准备给我的父亲萨培戴的时候，就像正在愈合的伤口上给了重重的一拳似的我的父亲萨培的脸突然阴沉下来，慢慢地脱下了借来的帽子和衣服，说不去找那个护士了。

"你现在就写个入团申请书，现在跟以前大不一样了，我保证你能被吸收。"我的父亲当增非常严肃地，好像那双眼珠子要掉下来似地说。

我的父亲萨培没有写入团申请书，可是在我的父亲当增左说右劝后才同意去找那个护士。我的两个父亲首先去我的父亲当增的父亲先巴那里要了一块钱买了两张电影票，说如果那个护士愿意去看电影的话我的父亲当增再买一张票，如果那个护士不愿去的话就他俩去看电影。让我的父亲萨培终生遗憾和疑惑不解的是他们几乎每隔几天去医院找那个护士，可那个护士像是蒸发了似的再也没有见到。

29

非常繁重的学习任务使我的父亲萨培眼前挥之不去的那个护士的面孔暂时不知去向，多年后他说那个学期学到的东西胜过过去几年的综合成果。

近二十年来不知死活的久美多吉的伯伯突然回来了，而且带来了我的父亲萨培的爷爷的骨灰，于是我的父亲萨培与久美多吉的关系亲近了许多。看来政策似乎真的发生了变化，过去和我的父亲萨培一样不发校服，不让参加少先队的一个学生初中毕业后参加了工作，还背上了一支枪。那么，假如说我的父亲萨培没有去上高中的话也许可以参加工作，但是我的父亲萨培不听家人的劝告去州府所在地上了高中。

那又是一个几年前我的父亲萨培前往县城上学的早晨一样，浓雾笼罩在泽雄县城，我的两个父亲各拿着小行李早早地在泽雄县委大门口等候昨天我的父亲当增的父亲先巴给他们找的那辆大货车。手中的行李是几天前新做的棉被和棉褥，中间夹着牧民们称为"月粮"的、没有其他食物也够吃一个月左右的糌粑、奶渣和酥油。因为我的两个父亲即将进入的那所学校的伙食之差在全州农牧区是出了名的，据喜欢夸张的多布丹老师的话来讲"比泽雄县完全学校的那几头猪的伙食还要差劲"。可是我的两个父亲压根儿就没有在乎过，因为他们从来就没有挨过饿，或者说至少没有长时间地挨过饿，所以他们还觉得这个"月粮"是个累赘，早上差一点就留在我的父亲当增的父亲先巴的房间里。等我的两个父亲报完名分到宿舍的时候，晚饭时间早已过去了。他们拿着多布丹老师的介绍信去普巴塔老师那里要了一暖瓶开水，准备吃糌粑的时候，第一次见面的同学们从四面八方向他们伸来了一口口空搪瓷大碗，其中一个人狼吞虎咽地吃了夸张一点像脑袋那么大，毫不夸张地说像拳头那么大的一坨糌粑后再次将搪瓷碗伸向我的两个父亲。这时候我的两个父亲才真正意识到这所学校的伙食有多么差劲，食物在这里有多么金贵，就不顾脸面地绑扎了糌粑袋的口子。叫人气愤而痛心的是第二天上完早上的课，回到宿舍的时候，我的两个父亲的"月粮"只剩下了"日粮"，还有我的父亲当增那件最心爱的上衣不见了踪影。

"阿爸阿妈的死尸烂骨，俗话说'早晨用饲料喂养马儿，傍晚用蹶子报答恩情。'你们这些没有良心的家伙，昨晚给你们每个人脑袋大的糌粑，今早就偷了我们的糌粑和衣服！真是无耻之徒！"我的两个父亲用最脏的话语辱骂全宿舍的人。但是他们一个个说"三宝明鉴，不是我偷的。""佛祖在上，不是我偷的。"……

没过几天，我的两个父亲的眼前时常浮现泽雄县学校的牛肉羊肉，牛奶酸奶，馒头菜肴。再过几天，我的父亲萨培住进了医院。

"'学习知识很辛苦，享乐自在怎成才，'说的就是这个。"普巴塔老师拿着一块厚大的烧饼来看我的父亲萨培，他还说："你要坚持一段时间，学校正在研究如何改善学生伙食的方案。"

多亏了普巴塔老师的大烧饼，当然还有一个星期的输液，我的父亲萨培的身体有所恢复，他又回到了教室。就在这个时候我的父亲当增的父亲先巴来到州府参加一个会议，他顺便来看望我的两个父亲。其实我的父亲当增的身体也明显地消瘦了，他的父亲先巴看到这个情景后笑着说："如果你们当初听了我的话，那么现在一定会当了干部骑着马背着枪，看看你们现在的模样，饿点肚子是完全应该的。"他虽然嘴上埋怨和挖苦我的两个父亲，可走的时候还是给每个人十块钱。

学校正在研究的关于改善学生伙食的方案还是没有任何结果，特别是只有两顿饭的星期天是非常难熬的。假如没有我的父亲当增的父亲先巴给的那些钱，真不知道我的两个父亲怎样熬过这个学期的那些星期天。

30

"该死的，一个好看的都没有。"就在我的两个父亲的"月粮"变为"日粮"，我的父亲当增那件心爱的上衣被偷之后的愤怒发泄完之后，对我的父亲萨培说。

"我看穿白上衣的那个还不错呀。"我的父亲萨培发表自己的看法。

"就那个大屁股？"

"我只看了她的脸蛋，没有注意她的屁股。"

"那个汉文老师倒是个美人儿。"

"的确是个美人儿。"

"她说的普通话动听温柔。"

"她可能是个内地人。"

"她的皮肤白嫩。"

"她使我想起了那个小护士。"

"不过她已经是个少妇了。"

"你怎么知道？她不过是个二十出头的人，不可能已经结婚了。"

"她没结婚又怎么样？"

"是的，她漂亮又怎么样？"

"说起漂亮，昨天跟我们一起报名的那个汉族姑娘你注意了没有？"

"我当然注意了。"

"那才叫漂亮啊。"

"说得太对了，可那又怎么样？"

"总有一天我要把她搞到手。"

"你就吹吧。"

"走着瞧吧。"

……

　　我的两个父亲将剩下的一点食物和几件衣服寄存在普巴塔老师的房子里，普巴塔老师的房子也和多布丹老师的房子一样只有一张床、一张桌子、两把椅子、一架炉子、两口水桶、一把水壶、一个暖瓶和一个脏兮兮的洗脸盆，看来唯一值钱的东西就是桌子上的那些木刻版和铅印版的书籍了。他比多布丹老师大五六岁，比多布丹老师的穿着还要差，还要脏。他是本地人，家在离学校只有三四公里的一个村庄里，只有中午在这间屋子里休息或看书，下午回家过夜。

　　"唉——这两个牧民的孩子可怜啊。"普巴塔老师摇着头拿出一把钥匙交给我的两个父亲说："不要忘记锁门，这里有偷糌粑的人，也有偷书的人。"

　　感谢佛祖！感谢普巴塔老师！这样一来不仅是我的两个父亲的食物和衣服有保障，还有开水喝，更重要的是夜里十一点半全教室宿舍熄灯后我的两个父亲仍可以学习，直到他们自己瞌睡得实在睁不开眼为止。到了期中考试的时候，我的两个父亲的平均分数分别为全班的第一名和第二名。那个班主任兼数学老师的半藏半汉中年妇女，把我的两个父亲从一张课桌上分开，各自的旁边安排两名学习差的学生。安排到我的父亲当增旁边的是一个男生，名字叫作仁增。他比"尿袋"贡布还愚钝，更严重的是他压根儿就没有学习的心思，常常以头痛为借口逃避课程，汉文课更是一次都没上过。虽然大多数学生除了对藏文以外的课程没有多少兴趣，但是像仁增这样连假都不请，明目张胆地缺课的人还没有几个。

那个漂亮的汉文老师叫戴丽莲。她在讲台上刚开始上课就拿起课本一边走下讲台，一边一字一句地念着："黔——无——驴——"在教室里来回走动，这样大约十几分钟后就坐在我的父亲当增旁边永远空着的仁增的座位上，十分好奇地问我的父亲当增关于草原和牧区的一些话题：

"草原上有很多鸟蛋吗？"

"春天有。"

"有很多蘑菇吧？"

"夏天有。"

"有很多河流是吧？"

"是的。"

"河里有很多鱼吗？"

"是的，以前我们有个唐老师，他以前用针抓鱼，后来用炸药炸鱼，一次能炸到好几麻袋的鱼，有一次他炸到像小腿那么大的鱼。"

"哇，那鱼好吃吧？"

"我没吃过。"

"噢，对了，你们不吃鱼是吧？"

"怎么说呢？我们有两个当地的老师天天吃唐老师炸的鱼。"

"草原上有很多野菜吧？"

"我不知道。老师您……您是不是也很饿？"

"没有啊，怎么啦？"

"没有什么。"

……

有一次戴老师刚刚在我的父亲当增旁边就坐，屁股还没有完全落在凳子上就"啊"地尖叫了一声，同时摸了摸自己的屁股，然后看看凳子，发现有一根大头针倒插在凳子的裂缝中。她又尖叫一声的同时狠狠地给我的父亲当增的脸上抽了一巴掌，然后揪住他的耳朵。就在这时候女生们唧唧喳喳又信誓旦旦地说插大头针的不是我的父亲当增。戴老师放开我的父亲当增的耳朵，问女生们这是谁干的。女生们只是说绝不是我的父亲当增干的，却没有说是谁干的。戴老师显得很尴尬，有点不知所措地抚摸着我的父亲当增的脸。我的父亲当增产生一种比抽巴掌难耐几倍的感觉，后来他似真似假地说："如果抽了一个巴掌后抚摸一下的话——我是说戴老师的手——我愿意天天被抽巴掌。"

31

不知道为什么，本来就萎靡不振的戴老师的教学热情明显降温，她只是用温柔动听的普通话把课文从头到尾念一遍后说：

"有不懂的地方就问萨培和当增。"然后不知道有什么心事，阴沉着脸呆在那里。这时候那些调皮的男生耳语说："今天她又来月经了。"

安排在我的父亲萨培旁边的是前面我的两个父亲议论过的那个穿白上衣的女生。她的名字叫亘桑拉姆，她的衣着永远干干净净，叫人产生是否每天洗一遍的感觉。她的面容也和她的衣服一样永远白白亮亮，使我的父亲萨培心情舒畅。

"'黔'是我国贵州省的简称。"我的父亲萨培几乎脸贴着脸给亘桑拉姆辅导。

"'黔'是贵州省的简称，知道了。"

看着亘桑拉姆显得很轻松的样子，我的父亲萨培心里想她肯定没有搞明白，就算现在知道了明天也肯定忘了。可是第二天亘桑拉姆不但能准确地念出"黔"字读音，还能轻松地说出是贵州省的简称。这时候我的父亲萨培才意识到亘桑拉姆不像他以前的同学贡布和现在的同学仁增，决定继续给她辅导。奇怪的是亘桑拉姆的情绪很不稳定，有时候她无缘无故地不理我的父亲萨培，也不听他的辅导，而有时候她会强行拿走我的父亲萨培的衣服去洗。

"亘桑拉姆，你能不能洗一下普巴塔老师的被褥？"有一次我的父亲萨培对亘桑拉姆说。亘桑拉姆立刻站起身表示马上去洗，他们两个进入普巴塔老师的房子，刚关上门，亘桑拉姆就抱住我的父亲萨培的脖子痛哭起来。这一突如其来的举动让我的父亲萨培感到惊讶和恐惧，他用力挣脱亘桑拉姆的拥抱后气喘吁吁地说："你……你这是怎么啦？"

亘桑拉姆捂着脸仍然哭着说："我……我在这个地方没法活下去，我在这个世界上没法活下去。"

我的父亲萨培不知所措地呆在那儿，慢慢地扶着或者说推着亘桑拉姆让她坐在椅子上，问："你到底怎么啦？"

"我……我，唉——跟你说这个有什么意义呢。"亘桑拉姆停止哭泣，擦干眼泪，站起来准备拆开普巴塔老师的被子。

"我们是同学，又是同桌，你有什么事情应该告诉我，是不是有人欺负你了？是的，肯定是有人欺负你了，你告诉我吧，我绝不会轻饶他，如果我一个人打不过他，我和'凸眼'一起上，我不是吹牛，我和'凸眼'挺能打架的，你信吗？如果我们俩打不过他，我叫我们班的男生都上！你一定要告诉我那狗屎是谁。"我的父亲萨培真的生气了，他紧紧攥住拳头，好像要跟人打架似的。

亘桑拉姆看着我的父亲萨培幼稚的举动，眼前仿佛出现了童年时期的那些玩伴。她惆怅了，抓住我的父亲萨培的手，一起坐到床沿上，含着眼泪向我的父亲萨培倾诉了自己的不幸：她很小的时候家里人就已经给她订了婚，几个月前她初中毕业后家里人就把她送到那个所谓的婆家，可是那个男的早就有个相好的，自从她去他们家的第二天起，天一黑那个男的就去那个女的身边，到第二天天快亮的时候才回家，回来后用最难听的话辱骂她和她的家人一顿，再闷头睡到中午。

32

这个班上有几个藏文水平与我的两个父亲不分上下的学生，可是汉文、地理、历史、教育学、心理学等课程没有一个能比得上我的两个父亲。大多数学生的数学水平很差，尤其是我的父亲萨培因为曾经两次跳级，所以数学基础差得要命。在一次全校测试中因为戴老师间接地向全班泄露考题，加之很多学生的作弊手段比贡布还要高超，所以大多数学生的分数很高，尤为可笑的是仁增的分数与我的父亲萨培一模一样。从此我的父亲萨培不太在乎考试分数，只看自己喜欢的，甚至是跟教学内容毫无相干的书籍。

"我的数学基础很差，现在再努力也只能勉强及格而已。多布丹老师曾经说过学习知识的目的不是为了一件衣服，甚至不是为了当干部。那么我想学习知识的目的也不应该是为了应对考试。所以我决定像仁增放弃汉文那样干脆放弃数学，花在数学上的时间用在其他课程甚至其他知识上。"一个星期天，我的两个父亲单独在教室的时候，我的父亲萨培告诉我的父亲当增自己的决定。

"嗯——这也许是个明智的选择。"我的父亲当增严肃地点着头说："老实说你不仅仅是数学基础差，你对数字本来就不太……怎么说呢？比如说历史课文中的事件你记得很清楚，但是时间你就记不住了，就连我们吃饭买东西的时候人家找错了钱你不是也不知道吗？"

这的确是真的，多年以后我的父亲萨培成为我们一家之主的时候，他根本记不清收入和开支，也记不住经常联系的亲戚和朋友们的电话号码，常常需要问我和我的母亲。这个时候我的母亲时常埋怨和讽刺说："我从来没有见过像你这样记性差的人，还说是学者呢，简直是笑话！"

我的父亲当增这么一说，我的父亲萨培显得如梦初醒的样子说："是啊，我为什么至今没有发现？'人很难看到自己的缺点，就像眼睛看不到眼睛一样。'说的一点也没错。让代数、几何去见鬼吧！哈哈，看起来眼睛大一点凸一点还是有点好处啊。"

"那是自然的，像你这种既小又凹的眼睛不要说自己身上的缺点，就是别人身上的缺点你也看不到呀。"

从此我的父亲萨培彻底放弃了数学。这使那个说一口半藏语半汉语，有着半藏半汉血统的中年妇女班主任对我的父亲萨培的态度发生了质的转变，她同意了全班同学选我的父亲当增为班长，却坚决反对让我的父亲萨培当学习委员。刚开始的时候我的父亲萨培仿佛又回到了不发校服，不准加入少先队的那个黑暗的时代，可是他马上想到多布丹老师说的那些话，自言自语道："衣服还可以穿，当干部还能拿工资，当学习委员有什么好处？一点也没有！让我去当我还不愿意呢！"他想通了，除了加倍努力学习，什么也不在乎了。

学校正在研究的关于改善学生伙食的方案仍然没有结果，加之繁重的学习使我的两个父亲的身体明显消瘦，自进入初中以后不知去向的虱子虱卵又回到了他们的身上。小时候还没有发现这个小生物有如此可恶，但是现在不要说被它咬一口，就连在身上动弹一下都觉得很难受甚至恶心，所以我的两个父亲除了学习之外的事情就是掐虱子和洗衣服。

早上第一节课的铃声响起后十分钟左右，戴老师显得有气无力地进入教室上了讲台，那些调皮的学生又开始相互耳语，毫无疑问在说："今天她又来月经了。"戴老师本来好像有上课的准备，因为她不但拿来了备课本，还抓起了一支粉笔，可是一看到那些学生窃窃私语的情景，她放下手中的粉笔，走下讲台，坐到我的父亲当增的旁边。今天她没有跟我的父亲当增聊天，只是不停地看手表，离下课还有十分钟左右的时候她有气无力地走出了教室。毫无疑问，那些调皮学生说她肯定是被昨晚那场"恶战"还没有恢复过来。

33

　　我的父亲萨培不但彻底放弃了数学课，还失去了参与班里的各种活动的兴趣，这使班主任对他的态度变得越来越坏。班主任对他的态度越坏，他对其他课程和知识的学习就越刻苦。那个时候还没有统一的藏文教科书，老师们各自按照学生的水平教授韵律学、修辞学、哲学等，我的父亲萨培对这些学科有着无限的兴趣。对汉文课本中的《变色龙》《凡卡》《项链》等文学作品的兴趣更是到了痴迷的地步，有一次他在学校的小图书馆里找到了莫泊桑的长篇小说《一生》，这是汉文繁体字版本，刚开始的时候他读起来有点困难，但是有一种艺术魅力深深地吸引了他，就像他在初中的时候被《格萨尔王传》深深地吸引的情景一样，他边看小说边查《新华字典》，通读了这部小说，他知道了这个世界上有个国家叫法国，他知道了在法国有个大都市叫巴黎，那里有富人和穷人，有好人和坏人……这个叫作小说的东西能把一个世纪以前的异国他乡的风貌活灵活现地展示在你的面前，这太奇妙了。后来他没放过《羊脂球》《俊友》《温泉》等凡是能找到的莫泊桑的所有作品，就像后来他没放过加西亚·马尔克斯的《百年孤独》《霍乱时期的爱情》《祖长的没落》和D.H.劳伦斯的《查太莱夫人的情人》《恋爱中的女人》以及再后来的奥威尔的《动物农庄》《一九八四》，索尔仁尼琴的《伊凡·杰尼索维奇的一天》《古拉格群岛》《红轮》等一样，当然还有很多人物传记和思想教育方面的书籍。他还在茶余饭后将这些作品的主要内容和艺术风格讲给我的父亲当增听。这些后来成为记忆力惊人的我的父亲当增参加有关文学、历史、教育等任何学术场合时的资本，再加上他自己也读过的一些东西，使他成为许多人的偶像。

我的父亲萨培发现这所学校的师生有着令人敬佩的本民族传统文化知识和氛围，又有令人失望的对其他地区和民族文化的无知甚至排斥现象。从此我的父亲萨培逐步形成对任何事物和问题进行观察、思考和分析的习惯，不再人云亦云，从此他也根本不在乎考试和分数，他时常沉浸在对一名中学生来讲没有多少关系甚至根本没有关系的一些书籍之中。我的父亲萨培的考试成绩下降和不参加集体活动的行为完全惹怒了班主任老师，她甚至将我的父亲萨培和仁增相提并论，字里行间夹杂着讽刺的词语。

"老师，看来您没有读过马卡连柯的《教育诗篇》吧？"有一次班主任老师正在批评我的父亲萨培的时候，他突然站起来问。

"我没听说过马克思还有个《教育诗篇》的著作。"

"不是马克思，是马卡连柯。"

"没听说过，你到底想说什么？"

"我想说的是您教育学生的方法是完全错误的，我甚至认为这所学校的教育制度有很多问题。"

班主任老师半张着嘴，半天说不出半句话。大约五分钟后她走下讲台，拽着我的父亲萨培的胳膊说："走，我们两个到校长跟前去。"

"校长，我们的这个班主任老师只知道有个叫马克思的革命导师，却不知道有个叫马卡连柯的教育学家。所以我认为应该派她去进修深造。"我的父亲萨培也在气头上，班主任还没开口他就抢先说话了。遗憾的是校长也只知道马克思，不知道马卡连柯。

班主任更加气急败坏地说："他……他说我们的教育制度有很多问题。我没法给这么有学问、这么傲慢的人上课和管理，要么把我从他们的班主任岗位上换掉，要么让他到其他班里去。"

校长只是给我的父亲萨培做了一般性的教育，既没有换掉班主任，也没有把我的父亲萨培派到其他班里去。班主任没完没了、冷嘲热讽说我的父亲萨培连小学数学都不懂，连老师都不放在眼里，无组织无纪律，总之是个一无是处，坏得不能再坏的人。这样的遭遇使我的父亲萨培时常想起不给他发校服，不让他加入少先队的那个不堪回首的童年时代，同时也有一种动力使他加倍努力学习。

34

　　我的父亲萨培喜欢对周围的所有事物进行比较，他认为泽雄草原上的牧民和这个地方的农民都是地球村很听话的好村民，又是同根同族，却有那么一点点区别，这就是牧民们非常容易丢失自己的文化，同时又非常容易接受别人的文化，而农民正好相反。几天前我的两个父亲跟随普巴塔老师去他的家里做客的时候，在一间房子里有一排巨大的绘有色彩鲜艳的传统图案的木质佛龛，佛龛里供奉着一尺高的造型各异的铜质佛像和各种木刻、手写的长条经卷。其中我的两个父亲永远无法忘记的分别是用金汁和银汁书写的《菩提道次第广论》和《解脱经》。佛龛前面是银质曼陀罗，曼陀罗前面整齐地摆放着七碗水供和三盏酥油灯，佛龛左右的木质墙壁上挂有几乎看不清原始图案和色彩的黑黝黝的唐卡。我的两个父亲在他们父母或祖辈那里曾经听说过这些东西的名称和形状。据普巴塔老师说这些圣物是从他的祖父的祖父那里传下来的，至少有两百多年了。普巴塔老师家的以土木结构的藏式房子为主的所有东西上有一种莫名的"古味"，这种味道在我的两个父亲的家乡草原上已经闻不到了。我的两个父亲不由地产生一种神秘和好奇，还有种憧憬的感觉。接近期末考试的时候，很多学生到附近的那座古庙里去拜佛求神，我的两个父亲也好奇地去那里看了一下。这里也和我的两个父亲家乡的泽雄寺遗址一样，残垣断壁像上天讨债似的年年月月，日日夜夜，时时刻刻矗立在那里。看到这个情景，第一个进入人们脑海的是"灾难"这个词汇。与泽雄寺不同的是这里的主殿即大经堂基本上完好无损，除了屋脊上祥麟法轮是新做的以外，殿内的旧佛像等也没有损坏。一个年迈的僧人主动热情地给我的两个父亲作了讲解，我的两个父亲这才知道以前他们家中的老人们闭起双目，双手合十，万分虔诚地祈祷的佛祖释迦牟尼和莲花生大师、宗喀巴大师、度母等的佛像就在眼前，在书籍中读到的智慧之身文殊菩萨和妙音仙女那栩栩如生的英姿就在眼前，还有那么多叫人产生立刻读一遍的强烈欲望的佛经，我的两个父亲情不自禁地双手合十在胸前。这里正在修建一座弥勒佛大殿，那些木匠石匠各司其职，井然有序，热火朝天地施工，那些精湛的技艺使我的两个父亲大开眼界。

"看来我们的泽雄寺也即将重建了。"我的父亲当增说。

"我们哪里有这样的能工巧匠？"我的父亲萨培问。

"可以把这些人请过去。"

"我们哪有那么多钱？"

……

正如我的两个父亲所猜测的那样，两年以后，以自愿募捐和摊派相结合的手段筹措资金，泽雄寺重建工作开始了。大大出乎人们意料的是曼腊是第一个出家的僧人，而且成为泽雄寺寺主仲仓活佛之下的第二号人物，因为人们对他这样的人出家产生质疑，正在议论纷纷的时候，至高无上的仲仓活佛发话说："还僧（上了岁数的人出家为僧）之人乃佛法之柱。"

一个不俗不僧，不黄（黄教）不红（红教）的人正在主殿门口画一幅白度母唐卡，那画师投入到忘我的境界。我的两个父亲也看得入迷，看着看着便产生一种画上的人物在眨眼，在微笑，在翩翩起舞的幻觉。

从此以后有一种无形的力量时不时地把我的两个父亲吸引到那座古庙里，后来他们在那里认识了一个六十多岁的僧人，他会写一手精美绝伦的藏文楷体字和草体字，还会画唐卡，答应给我的两个父亲教授唐卡绘画知识。有一次我的父亲萨培从学校图书馆里借来了一本《美术》杂志，上面有一幅维纳斯的裸体油画。他指着这幅画告诉那个僧人："如果将这样的油画和唐卡画相结合，画一幅妙音仙女像，既有神的一面，也有人的一面，岂不更加婀娜多姿？"

那僧人一时目瞪口呆，慢慢地站起来气急败坏地说："我还以为是个聪明的牧民孩子，原来是个疯子，从现在起你不准来我这里，去去去，马上走。"

我的两个父亲去州府上学的第二年，牲畜承包到户，牧民们的生活发生了翻天覆地的变化，我的两个父亲成为全校最有钱的学生。一个周末他们去一趟省城，买了许多书，还各买了一条喇叭裤穿回来，使整个学校乃至整个州府所在地舆论哗然。

35

校长在全校师生大会上说："现在全国范围内正在蔓延资产阶级自由化思潮，就在我们的学校里也开始出现了苗头，这点从有些人的穿着打扮上大家可以看出来，因此我们全体师生要一致反对这种行为。"这与指名道姓地说我的两个父亲没有什么区别。可是我的父亲萨培根本不在乎，这便更加惹怒了班主任老师。她疯狂地讽刺和侮辱我的父亲萨培，甚至向校领导告状说我的父亲萨培从来不参加班里的一切活动，就连早操他有时候也不参加，是地地道道的资产阶级自由化思潮的典型产物。为了净化校园，以儆效尤，要求将把他从学校里开除出去。

我的父亲萨培再次想起了不给他发校服，不准他加入少先队的那个不堪回首的童年时代。有一次他也在大家面前指出班主任老师写的许多错别字。恼羞成怒的班主任老师再次把我的父亲萨培拽到校长办公室，说她长这么大，从来没有受过这样的奇耻大辱，如果学校不严肃处理我的父亲萨培，从今天开始她坚决不上课。

这一天，那位非常惧怕资产阶级自由化思潮的校长去教育局开会，校长办公室里只有那个穿着喇叭裤的叫贺志强的年轻副校长。其实很多年轻人早就有喇叭裤，只是等待着一个勇敢的人首先穿起来带个头。当我的两个父亲穿着喇叭裤从省城回来之后人们一个接着一个穿了起来，目前正在普及当中。

贺副校长一直没有说话，只是盯着我的父亲萨培，好像在等待他的解释。

"阿爸的肉，不是我侮辱她，是她经常侮辱我。比如说她经常不叫我的名字，叫我'喇叭裤'，按照教育学的理论，老师绝对不能叫学生的绰号；她还经常以'大款牧民'等话语讽刺我，作为老师最忌讳的就是对学生进行讽刺挖苦，这是教育学的基本常识。我认为这才叫侮辱，我纠正了她的错别字实际上是在帮助她，怎么能说是侮辱呢？"我的父亲萨培刚说完，班主任老师没有给贺副校长说话的机会，她说："我是数学老师而不是语文老师，写错了几个字完全可以原谅。可是……"

"那么我也是才用了五六年时间读了小学和初中，根本没有数学基础，您也可以原谅我嘛。"

"你这是在说自己有多么聪明，连老师都不放在眼里的人还用得着原谅吗？"

"要是这么说的话，一个能创造'新文字'的人就更用不着原谅啰。"

"够了够了。"贺副校长终于发话了："听说你读过马卡连柯的著作，那么你一定知道马卡连柯的教育理念是培养集体主义者，可是你的行为表明你缺乏集体主义观念，对不对？"

"是的……可是马卡连柯的观点也不是完全正确的……"

"是吗？"

"至少我是这样认为的。"

"很好……"贺副校长以非常温和的语气教育我的父亲萨培的话语中处处表露出对我的父亲萨培聪明绝顶、学习刻苦的表扬。班主任老师终于忍不住了，她"哇"的一声捂着脸痛哭起来。

看到这个情景，我的父亲萨培的心一下子软了。他感到内疚和悔恨，低着头对班主任老师说："对不起老师，我再也不惹您生气了，我现在就给您写检讨书。"于是当场拿出纸笔，一会儿工夫写就了一份检讨书。其大意是自己上小学和初中时正逢"文化大革命"，几乎没人上课，加之两次跳级，数学基础之差连小学课本都不懂，再努力也只会耽误其他课程，所以放弃了数学课。其他课程学得较好，阅读课外书籍较多，无意中产生傲慢心态，对老师多次不敬造成伤害。汉民族有句话叫作"一日为师终身为父"；藏族传统文化认为"凡是教过一颂（相等于一首）知识的人应奉为上师"。人生极其短暂且无常，实不该对他人造成伤害，更何况师生之间。从现在起自己将改过自新，尊重老师，祈求老师原谅他过去的行为。这个用汉文写的检讨书文笔之优美像是哪位文学大师的散文诗，感情之真挚犹如母子间的书信。令芝麻般艺术细胞都没有的班主任老师那牛角般坚硬的心肠像酥油一样被融化得老泪纵横。贺副校长更是感动得不知所措，干脆把检讨书拿到汉文班每个教室去朗读，还说："这是藏文班的一个学生用十分钟左右的时间写的，你们当中谁有这样的写作水平？"没想到本来是检讨自己过错的东西，却成为要求大家向他学习的宣传广告。贺副校长还向校长提出我的父亲萨培毕业后留校任教的建议，但是在校长看来资产阶级自由化思潮就是穿喇叭裤的人，穿喇叭裤的人就是资产阶级自由化思潮。他不可能让这样的人留校任教，再说我的两个父亲还没有毕业就考上了大学，所以就用不着提起留校任教的事情。

36

在泽雄县的那所学校和在州府的这所学校不仅学生伙食有着天壤之别，其他方面也有很多不同。我的两个父亲怎么也想不通的是这所学校每周六除了建筑和树木之外，天然花草等所有植物都用铁锹连根铲除，还把这种做法叫作"打扫卫生"。另外，泽雄县学校没有早操，也没有学生会；而这所学校非常重视早操，严格要求每个学生都要参加，学生会有五花八门的活动，其主席是我的父亲当增，他有很多事情要做，各种演讲就是其中之一，而这些演讲需要用汉语进行，这使我的父亲当增的汉语表达能力和发音准确率迅速提高，而他的每篇演讲稿需要我的父亲萨培的修改甚至执笔，这又使我的父亲萨培的汉文写作能力迅速提高。可是时间长了，我的父亲萨培对没完没了的讲稿感到厌烦。他对我的父亲当增说："你们天天搞批评，这跟'文化大革命'时候的阶级斗争没有什么区别。如果你们真正想为学生办点好事的话，那就应该以学生会的名义向校领导写一封关于要求改善学生伙食的公开信，像我俩这样的牧区学生手里有几个钱，不再饿肚子了。但是你看到了，这些农区的同学还在挨饿，那么挨饿的滋味我们也尝了一年多，好受不好受你最清楚。"

"阿爸的肉，说得太对了。老实说我也只不过是按照学校的指示办事，其实很清楚这样做没意思，再说这样下去使我的学习也受影响。"我的父亲当增完全同意我的父亲萨培的观点。于是他俩立即写了一封关于要求尽快改善学生伙食的公开信，而且让每个班的学生签名之后交给了学校领导。学校领导为此非常气愤，严厉批评我的父亲当增，并决定罢免他的学生会主席职务，没想到他得到了学生们的尊敬和拥护，大家坚决反对学校的做法，说如果学校罢免我的父亲当增的学生会主席职务，那么全体学生将进行罢课。其中最积极而发挥带头作用的是学生会副主席，即有"校花"之称的汉文班的一个美女学生，也就是我的两个父亲第一次来到这个学校的那天跟他们一起报到的那个美人儿。我时常认为像这种美貌的女孩子担任什么样的职务，比她的才能更直接的原因是她的外貌。上学期她和我的父亲当增一起参加全州共青团代表大会，从此他们每次见面的时候相互点一下头的同时不知为什么两个人都有点脸红。每当这时候我的父亲萨培对我的父亲当增说：“该下地狱的'凸眼'，一定有问题，老实交待吧！”

我的父亲当增显得更加不自在，吞吞吐吐应付几句的同时却又想入非非，有那么一点飘飘然的感觉。

跟校花一起的那些女生似乎也在给她说同样的话，因为她追逐每个女生不轻不重地打她们的肩膀。

有一天，汉文班的一个女生匆匆忙忙走过我的父亲当增身边的同时，递给他一张小纸片，原来那是一张当天晚上的电影票。现在回想起来，我的父亲当增完全没有记住那女孩是谁，但是想去电影院的欲望无法抗拒。

一路上我的父亲当增的内心中充满了猜测和疑问，到电影院门口时发现这里已挤满了人，才知道今晚放映的原来是一个多月前人们开始议论的电影《少林寺》，他高兴得一时忘了一路上的猜测和疑问，就在这时候校花出现在他的面前，并发现她微笑着向自己点了一下头。他也微笑着向她点点头，同时有点紧张起来。

我的父亲当增的右边是校花，左边是有四个口袋的一个中年军官。显然这电影票是校花给他的，他高兴又紧张，用汉语说：

"谢谢你给我电影票。"

"怎么？这票不是你给我的吗？"校花显得很惊讶的样子，脸上的微笑一下子不见踪影。

"不是。"

"我的同学说是你给我的。"

"是你的一个同学给我的，我还以为是你送给我的。"

"岂有此理，那有这样捉弄人的。"

"这没有关系……"

"这当然有关系！"校花生气了，于是他们的谈话也中断了很长时间。电影的上集放完了，电影院里的灯光亮了。我的父亲当增觉得应该跟她说点什么，就侧着身子低声说："电影真好看。"

"我觉得一点也不好看。"看来校花还在生气。

"这没有什么，我和同学们经常这样相互开玩笑，或者说恶作剧。"

"我可从来不这样。"

他们的谈话再次中断。

电影还没有放完，校花对我的父亲当增连个招呼都不打就走了，我的父亲当增觉得有可能她在外面等他，也就走出了电影院，可是外面不见校花的踪影，这使我的父亲当增很困惑。

37

连续几日放映《少林寺》，学校还订团购票让全体师生观看过一次。不久，校园里一方面几乎人人都唱着哼着"少林，少林，有多少英雄豪杰都来把你敬仰……"，一方面相互拳打脚踢，发出"嗨！嗥！"的打杀声，如同几年前《水浒传》藏文版出版发行后的情景。

这几天我的父亲当增发现我的父亲萨培脸上总有一种诡秘的表情，我的父亲当增觉得这跟校花有关，于是他用《少林寺》或《水浒传》里面的某种动作出其不意地将我的父亲萨培按到桌子上，用藏汉语混合说："该下地狱的'凹眼'，阿妈的肉，今天你若不老实交代，我就把你送到西天。"

"阿啧，这'凹眼'　定是被魔鬼缠身了，唉呦——快放开我。"我的父亲萨培很清楚自从升入初中以后自己的体力远远不及我的父亲当增，挣扎和反抗是徒劳的，他装出一副摸不着头脑和被冤枉的可怜相。

"哼！校花已经告诉我你干的勾当，你还想抵赖？"我的父亲当增说着更用力地按住我的父亲萨培。

"唉呦——好好，你先放开我，我交待我交待。"我的父亲萨培挣脱开身子说："哈哈，其实你应该感谢我呀。怎么样？校花让你亲她没有？"

"其实你根本用不着那样煞费苦心，我们两个早就亲过，如果有机会的话还打算……"

"怎么没有机会呢？普巴塔老师房子的钥匙不是在你手里吗？"

"唉——我担心的是万一她怀孕了怎么办？"

"像她这样的美人儿到手了，被学校开除了也完全值得。"

"先不说这个。说起普巴塔老师房子的钥匙，我倒想起亘桑拉姆，我注意到她对你有好感，要不要把普巴塔老师房子的钥匙交给你？"

"你不是说过她是个大屁股吗？"

"我愚钝我无知，自从学了《诗镜》后我才懂得怎样看女人的身材。《诗镜》中不是说'肥臀细腰丰胸'吗？其实这样的女人才算完美。"

"唉——你还不知道，亘桑拉姆原来是个苦命的姑娘，她很小的时候她的父母就答应一户人家把她嫁给他们的儿子当媳妇，初中刚毕业就把她送到那户人家去了。谁知道那男的早就有了相好，根本不理亘桑拉姆，还天天辱骂她。唉——噢，对了，这事不要告诉别人。"

"这事我早就知道。这个地方有娃娃婚的习俗，我们班里的很多同学都已经结婚了。所以已经结婚的姑娘一旦怀孕了我们也用不着负责。"

"这不是要不要负责的问题。像亘桑拉姆这样的人很可怜。"

"是啊，唉——这个地方还有近亲结婚的习俗，太可怕了。"

"还是说说校花的情况吧。"

"校花嘛，她说她特别喜欢我，晚上做梦也梦见我。"

"那么你是不是也梦见她？"

"当然。"

"完全可以理解。"

"哈哈哈，其实我们两个仅仅只是认识而已，看电影的时候连个手也没有碰过。她知道了那张电影票不是我送给她的，显得很羞愧很生气，电影也没有看完就走了。今天早上我们在食堂门口碰见了她，也不理我。你这个该下地狱的'凹眼'，你好像彻底坏了我的好事。"

"唉哟！你不是挺聪明的吗？说那票是你送给她的不就完事了吗？"

"当时我一点思想准备都没有。"

"还说我坏了你的好事，亏你说的出口！是你自己坏了我为你精心设计的好事。"

"算了，我再也不想提这件事。"

"完了完了，彻底完了，真是'放到嘴里的酥油吐到地上'。说的就是你。"

"你有完没完！我说了我不想提这件事。"

"你不想提，我还想提呢！"

"那你就尽情地提吧，这人真是奇怪，要么像呆子一样整天不说话，要么像泼妇一样没完没了，我受够了。"我的父亲当增气呼呼地离开了我的父亲萨培。

38

白杨和杨柳的树叶早已变成黄色，变成褐色，掉到地上，踩到脚下，正在蒸发；柏树和松树的树叶被尘埃所覆盖，没有了绿意；乌鸦和喜鹊开始在树上啼鸣，慢慢地来到每个学生宿舍的门口寻找一粒大米或一片指甲大小的菜叶，除此之外整个校园里没了生机，像死一般寂静。特别是昨天一放假同学们一下子不知去向，校园像牧民搬场后的遗迹，死气沉沉，让人寂寞。我的两个父亲产生一种莫名的惆怅和伤感，他们想念家人，想念牲畜，想念草原，已经很晚了还没有睡意，甚至我的父亲当增没完没了的"少林，少林……"歌声也中止了。

第二天天刚亮，我的两个父亲不约而同地起床和洗脸，吃了昨天从街上买来的烧饼。看起来时间还很早，却有一种无形的力量把他们引领到学校门口，昨天他们两个去街上找车的时候，正好碰见了我的父亲当增的父亲先巴他们单位的敞篷卡车司机。司机说明天上午十点左右在学校门口等着就行，寒冷从他俩的手脚和脸额开始袭击到全身，他们问一个骑自行车的人几点了，那个人右手抓着自行车的扶手，左手抬到自己的眼前说是八点半，他们很沮丧，回到宿舍至少可以躲避一个小时的寒冷，不幸的是一个小时以前宿舍钥匙已经交给班主任老师了，他们两个只好原地跺脚，来回跑步，相互说："阿妈的肉，这一辈子从来没有这么冷过。"

　　车终于来了，遗憾的是驾驶室里已经有一对年迈的夫妇，我的两个父亲的内心变得比身体更寒冷的同时上了货箱。车上装的是煤炭，煤炭上盖有一层辨认不出原来颜色的黑黝黝的帆布。随着加速，车箱上卷起一股尘土，我的两个父亲无法睁开眼睛，一会儿工夫把他们的头发、面额、衣服、鞋子染成土色。刚开始他们还为各自心爱的夹克衫和喇叭裤心痛，但是随着寒冷渗入他们身体的内外各个部位，这才意识到这段时间他们只注重风度，却忽略了温度。现在脑子里除了"寒冷"和"温暖"这两个词汇以外什么也没有了，他们赤身裸体走在草地上的时候没有如此冷过，童年在冰天雪地里放牧的时候没有如此冷过，教室的炉子里只冒烟不着火的时候也没有如此冷过，如同口渴的时候渴望水，饥饿的时候渴望食物那样现在多么渴望温暖啊！他们想起了母亲土灶里牛羊粪熊熊燃烧的火焰，想起了父亲厚重的羊皮袄，那灼热的夏日阳光如今在何处……

　　走了几十公里，我的两个父亲看到相互狼狈不堪的样子忍不住笑了起来，可是脸上的肌肉彻底麻木了，牙齿"咚咚"直响，他们笑不出来，手脚麻木得没了知觉，离泽雄县城只有一百多公里，可是这该死的土路凹凸不平，加之货物严重超载，车速慢得让人失望，照这样下去至少还有五六个小时的路程，能不能活着见到家人不得不叫人担心。

"下……下车……徒步……走……还……好……一点。"我的父亲当增费了好大劲的说道。

"嗒嗒嗒……"我的父亲萨培的嘴唇不听使唤。

就在这时候，本来就很慢的车速更慢了下来，不久停止前行。司机站在踏板上，脑袋伸向货箱问："冷不冷？"

"什么叫作明知故问，什么叫作多余的话，你上来试试。"我的两个父亲心里想，可是除了"咚咚"之外他们什么也说不出来。

司机从驾驶室里拿出一个散发着汽油味道的蓝布面羊皮里子大衣扔到货箱里。那件大衣正好落在我的两个父亲的脚尖上，可是谁也没有力气把它拉上来盖在身上。

感谢三宝恩赐了那件散发着汽油味道的大衣，让我的两个父亲活着来到了草原，来到了泽雄县城，见到了家人。这次旅行后来成为我的两个父亲每次谈论一生中历经的饥渴寒热时首先想到的且永不忘却的话题之一。

39

到达县城的那天晚上，我的父亲萨培发高烧，第二天本想到医院开点感冒药就回家，可医生说要必须住院。毫无疑问，在医院我的父亲萨培常常想起多年前那个不敢直视他的可爱的小护士。

"她为什么突然不见了呢？她现在在什么地方呢？"我的父亲萨培的脑子里常常出现这种永远没有答案的不大不小的问题，有时候他的眼前也会出现亘桑拉姆那让人愉快的满月般的面容，还有《诗镜》中说的"肥臀细腰丰胸"，最后产生一种要尽快见到她的欲望。可是当寒假结束，新学期开学的时候不见亘桑拉姆的踪影，我的父亲萨培以为亘桑拉姆可能遇到了一点事情，没能按时返校，但是时间一天一天、一周一周、一月一月地过去了，仍然不见亘桑拉姆回来。

"她是否遇到了什么不测？"我的父亲萨培越来越想见到她。

戴老师朗读着课文来到我的父亲萨培旁边，坐到亘桑拉姆的位置上的时候正好课文也朗读完了，她说："若有不会念的或不懂意思的字或词，大家可以问。"

对我的两个父亲来说课文中几乎没有不会念的或不懂意思的字或词，就算有，他们可以查字典或词典，没有必要问老师。然而，对其他大多数同学来讲，汉文课只能算是识字课，至于作者介绍、时代背景、主题思想、写作风格、艺术技巧等对他们来说是遥不可及的，甚至是这一辈子永远无法达到的一个境界，所以戴老师完全不介意我的两个父亲在课堂上看其他的书籍。戴老师看着我的父亲萨培手里的书说："《云史》。"又看看他手里的另一本藏文油印书，问那是什么书。

"这是《云使》藏译版。"我的父亲萨培还说他在对比着两种文字看，这样能更好地理解作品的内容和风格，还能提高翻译水平。

"哪个译得更好？"

"我觉得各有千秋。"

"上学的时候我也喜欢诗歌。"

"现在不喜欢啦？"

"唉——"戴老师长长地叹口气，像个醉酒的人似的眯起长长睫毛中间黑白分明的双眸，有气无力地说："自从学校毕业后对什么事情都没有兴趣了。"

我的父亲萨培像是模仿戴老师似的眯起眼睛说："其实我不太喜欢诗歌。"

戴老师感到有点奇怪，睁大眼睛问："现在很多老师和学生都喜欢诗歌，我听说尤其是藏文班的学生连请假条都用诗歌来写，不是吗？"

我的父亲萨培微微一笑，这笑不知道是真笑还是嘲笑，他说："的确是这样，我不知道那些算不算诗歌，不过确实有一种用各句字数相等的形式写东西，甚至写请假条的，这我都见过。"

"那你为什么不喜欢诗歌？"

"我认为诗歌是年轻美貌的情人，小说是忠实可靠的伴侣。"

"这么说你更喜欢小说啰？"

"是的。"

"那么《云使》不也是诗歌吗？"

"是的，但是我主要是看汉藏两文的翻译技巧。"

"噢，是这样，那么你毕业后打算做什么？"

"还……还没有想过，也许回到草原放牧。"

"扯淡！你和当增必须上大学才对呀。"

"为什么？"

"什么为什么，因为大学毕业后工资更高，也更容易被提拔当领导，连这点都不懂吗？真是个书呆子。"

"嘿嘿，老师，亘桑拉姆为什么不来了？"

"这个你还不知道吗？"

"不知道，她怎么了？"

"听说她怀孕了。"

我的父亲萨培的情绪一下子低落到极点，再也没心思听戴老师有气无力而喋喋不休地在说些什么……当他缓过神来的时候藏文老师已经站在讲台上了。

40

自从观看电影《少林寺》以后，我的父亲当增和校花之间的距离疏远了许多，后来碰见了也不再相互点头打招呼，加上向学校递交关于要求改善学生伙食的公开信之后，学校领导和学生会之间的关系严重恶化，我的父亲当增因为有校花为首的学生支援，虽然没有罢免其学生会主席职务，但学生会本身已经名存实亡。这样一来我的父亲当增就没有什么活动需要参加，使他总有一种丢了什么东西似的感觉。亘桑拉姆的辍学又使我的父亲萨培的心里有一种空荡荡的感觉，一想到她可能正在受苦受辱，他就不由地陷入痛苦之中，但是这一切又被另外两件更加兴奋、更加繁忙、更加快速的事情所取代了。那就是泽雄县学校的多布丹老师调入这所学校任教，虽然他没有任何领导头衔，但是他名气不小，开始的时候大家很尊敬他。大概一个月后的一次教师会议上，多布丹严厉批评这所学校不重视甚至排斥藏文化以外的其他课程的做法，提出不但要加强汉文等其他课程，还必须给藏文班开设英语课程和给汉文班开设藏文课程的建议。这使很多传统观念极强的人感到惊讶甚至愤怒，明里暗里议论纷纷，给他扣上了"叛逆者"的帽子或者说绰号；汉文班的老师们说他异想天开。多布丹老师好像早有思想准备似的不但不在乎这些，还写了以这所学校为例的教学现状与改

进方法的论文发表在某教育期刊上。他还详细了解了我的两个
父亲的学习情况，鼓励他们两个一定要考大学。另外，"尿袋"
贡布等我的两个父亲以前的几个校友来到这里进修深造，进修
生每两人一间宿舍，有些人还拥有人们无限羡慕的录音机，贡
布就是其中之一，每个周末他们叫来一些在校或进修的女生，
喝廉价酒，抽廉价烟，录音机里录放拉伊（情歌）和流行歌曲，
跳当地人称为"搂抱舞"的交际舞。贡布无私地将他那份少的
可怜的工资与我的两个父亲共享，我的两个父亲第一次在贡布
那里喝酒，第一次在贡布那里搂抱女人，第一次在贡布那里抚
摸女人的腰部和臀部、胸部。有一次，我的父亲萨培与一个进
修女生跳舞，那女生看起来有点喝多了，她让我的父亲萨培任
意抚摸她的身体的每个部位，并主动将脸贴着我的父亲萨培的
耳边情意绵绵而含含糊糊地嘀咕着什么。这时候我的父亲萨培
也有点醉意，他壮着胆子说："我们出去怎么样？"

那女生眯着双眼点点头，表示同意。

我的父亲萨培顿时清醒起来，对那女生的耳边说："我俩
同时出去会引起别人的怀疑，你先出去，我随后出来。"

那女生照样眯着双眼点点头，然后松开我的父亲萨培的身
子，装出一副很不舒服的样子抱着头出去了。我的父亲萨培仔
细观察后发现其他人一男一女地跳舞或是头靠头细声聊天，无
暇顾及别人，于是我的父亲萨培悄悄地溜了出去。遗憾的是不

见那女生的踪影，我的父亲萨培急得到那排房子两头看了几次，还是不见那女生，他非常失望又气愤地准备回屋的时候，前面那棵粗大的槐树后面有人低声咳嗽一下，他迅速到那棵树后面紧紧地抱住那女生。他的心跳加快，荷尔蒙高度分泌，伸手打算解开那女生的裤带。就在这时那女生用力挣脱了我的父亲萨培的搂抱后说："你疯了？"

我的父亲萨培尴尬而失望地站在一边。

"跟我来，远远地跟着我。"那女生说完就走了。

我的父亲萨培的心里再次充满希望，心跳再次加速，荷尔蒙再次分泌，他在黑暗中紧紧地跟着那女生。

"我叫你远远地跟着我，你没有听见吗？"那女生突然停下脚步，回过头来低声说。

"远远地……我看不到你。"我的父亲萨培有点可怜巴巴地说。于是那女生再没有说什么，继续进行。她到一间房子门口打开门锁的时候我的父亲萨培已经站在她身边。

后来我的父亲萨培多次回忆这件事，那女生叫白玛吉，她比他大三四岁，人长得不是特别漂亮，但也绝不难看。那天夜里天气特别闷热，他们身上出了很多汗。尤其无法忘记的是那屋里散发出浓浓的雪花膏味道，这让我的父亲萨培想起多年前我的父亲当增的父亲先巴身上的那个味道。

41

贡布很大方地每周日请我的两个父亲下饭馆、看电影，当然还有烟酒，这使他们为小时候蔑视和欺负贡布感到内疚。

"我约了三个姑娘，明天我们到后山去游玩。"贡布把几张钞票塞到我的两个父亲手中说："你们两个去买点酒肉糖果什么的，准备一下。噢，对了，还要买几副电池。但愿明天天气好一点。"

正如贡布祈愿的那样，第二天天气极佳，无风无云。我的两个父亲将熟羊肉和烧饼、糖果、烟酒等装在烫有"为人民服务"几个红色汉字的两个书包里背起来，贡布提着他心爱的绰号叫"黑煤砖"的录音机，踏上一条弯弯曲曲的羊肠小道上山，据贡布说约好在山顶上与姑娘们会合。这座山远处看起来不太高也不太远，但是好像越走越远，越爬越高，他们只好几次坐下来吸烟歇息，大约一个多小时后总算爬到山顶。放眼望去，阳坡上除了散落的几棵柏树之外几乎什么也没有，光秃秃的有点荒凉，但是阴坡上漫山遍野是高耸入云的茂密森林，离城镇如此近距离的地方还有没被砍伐、被破坏的森林，真让人感到惊喜。森林中的自然空气散发着淡淡的香味，让人心旷神怡。我的两个父亲未曾见过的如松鼠和布谷鸟等小动物惬意地爬上爬下和来回飞行，其间还有天籁之音般动听的鸟鸣。

"阿爸的肉，今天这个'尿袋'真的把我们带到了一个好地方。"我的父亲当增感叹道。

"'凸眼',毛主席保证,在姑娘们面前绝对不许叫我'尿袋'。"贡布发出了严重的警告。

就在这时候姑娘们不知从什么地方钻出来了。她们各个身着自己最好的衣服,比平时装扮得更加靓丽。遗憾的是她们不是我的两个父亲期望的那样,而是贡布的公开情人索南卓玛和与我的父亲萨培有过一夜之欢的白玛吉,以及另外一个进修班的女生。

我的父亲萨培顿时显得有点不自在,然而白玛吉显得很自然,她主动对我的父亲萨培说:"来啦?累了吧?"

看到我的父亲萨培吞吞吐吐的样子,我的父亲当增说:"该下地狱的'凹眼',你脸红什么呀?"

"谁脸红了?"我的父亲萨培说着不由地摸了一下自己的脸,脸变得更红了。

贡布的情人索南卓玛岁数较大,农区口音很重,她很懂事的样子说:"小伙子,自己没有必要害羞,如果说要害羞的话,在坐的都需要害羞。"她的这番话让我的父亲当增和那个叫曼腊措的女生同时低了头,红了脸。

索南卓玛又很懂事的样子说:"阿妈呀,大家还站着干什么,走,到树林里去。"

这个时候已经是早上九点多钟,阳光像一根根细粗不一的金丝从树叶间斜射在地面上，树木下草丛上的露珠还没有蒸发。
女人真是心细，她们拿来了平时铺在床沿上的塑料布铺在地上，
让大家坐在上面，还提来了两暖瓶开水。

贡布一坐下来就打开录音机，一个牧区口音的女声唱道：

在那美丽的山岗上

雄壮的野牦牛就要远行

那对犄角就是岗哨

伤感的是路途遥远

再遥远也得前往

因为这是野牦牛的命运

在那可爱的帐圈里

雄壮的小伙子就要远行

那对眼睛就是岗哨

伤感的是路途遥远

再遥远也得前往

因为这是我情人的命运

……

贡布换了一个磁带，一个声音尖细得有点刺耳的女声快节
奏地唱道：

啊啦情人哟——

热带飞来的布谷鸟

雪域高原的祁连松

命运将它们连在一起

四月开春的时候

树木若未枯萎

气候若无变化

我们还会相聚在一起

……

贡布和姑娘们完全沉浸在情歌声中，可是我的父亲当增好像对千篇一律的传统情歌没有多少兴趣，他换了自己带来的磁带，邓丽君柔情绵绵的汉语歌声响了起来：

甜蜜蜜你笑得甜蜜蜜

好像花儿开在春风里

开在春风里

在哪里在哪里见过你

你的笑容这样熟悉

我一时想不起

啊——在梦里

梦里梦里见过你

……

那个叫曼腊措的姑娘一直盯着我的父亲当增，然而我的父亲当增尽可能地躲避她的目光。

后来我的父亲萨培问我的父亲当增："'凸眼'，那个叫曼腊措的姑娘挺不错嘛，你为什么不那么理她？"

我的父亲当增反问道："你想不想跟她过夜？"

"……"

"如果想跟她过夜的话我真的有办法，阿爸的肉，这次真的不是开玩笑，但是有言在先，事后不许埋怨我。"

"你什么意思？"

我的父亲当增的嘴几乎贴着我的父亲萨培的耳边说："她有狐臭味，天啊！那天晚上我亲眼领教了地狱，回想起来现在都想吐。"

几口烈酒下肚后，贡布和我的两个父亲都有点飘飘然。本来就喜欢唱歌的贡布和我的父亲当增轮流唱歌录音又回放，在他们两人的强烈要求下三个姑娘也开始唱起来，但是她们拒绝喝酒，说大白天的一个姑娘家喝醉了怎么回学校。

42

对于我的两个父亲来讲，大学是非常向往而遥不可及的，至少近期是无法到达的一个地方。不仅是我的两个父亲这样认为，很多人都有这种想法，因为社会上的许多年轻人甚至中年人，还有大中院校的很多老师废寝忘食地复习一年半载之后能考上大学的少之又少，可谓百里挑一，甚至是千里挑一。所以我的两个父亲考虑的是参加工作后首先要像贡布那样进修深造，然后再试一试。可是欧洲有句谚语叫作"人们一思索，上帝就发笑"。人世间有那么多意想不到的事情，我的两个父亲没想到的是有一天多布丹老师交给我的两个父亲两张准考证和一大摞复习资料，还有他的房间钥匙后说："从现在开始你们两个将一切私心杂念从脑子里清除干净，认真看这些资料，二十多天后你们两个就是大学生了。"

我的两个父亲惊讶地相互对视，又同时看看多布丹老师的脸。多布丹老师的脸上总有一种似真似假，难以捉摸的表情，他曾经用这种表情说了一句"共产主义还没有来到，已经有了接班人，这就奇怪了。"被劳改了，后来又喂了几年猪。他指着那些资料说："看我干什么，你们需要看的就是这些书。"

正如人世间有许多意想不到的事情，我的两个父亲意想不到的是他们高中还没有毕业就考上了大学。

在一个天气非常闷热的下午，多布丹老师将我的两个父亲叫到自己的房间里，那张平时堆放藏汉两种文字的各类书籍的旧桌子上摆着食物和烟酒。

多布丹老师没头没尾地说："有时候我不得不相信缘分。"他拿出两支香烟递给我的两个父亲说："我知道你们两个有时候在暗地里抽烟喝酒，今天不必拘束。你们两个考上了大学，值得庆祝一下。还有一件事情，就是我们三个人要继续待在一起，我所说的缘分就是我也将调入你们两个即将进入的那所大学，你们说这是不是缘分？"

"非常感谢老师，如果没有您的关心和帮助，我们两个绝对不会考上大学的，连想都不敢想。"在我的父亲当增说话的时候我的父亲萨培咬掉了酒瓶盖，把酒倒入空碗中举在多布丹老师面前。多布丹老师接过我的父亲萨培手中的酒瓶，把酒倒入另外两个空碗中，递给我的两个父亲说："扎西德勒！"一口干掉了足有一两的白酒后，多布丹老师忽然说："噢，对了，你们谁去把贡布也叫上来，他虽然学习不好，但是人品不坏。"

"要不要把普巴塔老师也叫来？"

"还是算了吧，他不喝酒，也不喜欢喝酒的人。"

我的父亲当增去找贡布的时候，多布丹老师继续对我的父亲萨培说："哈哈，从今往后你就彻底摆脱了数学，把所有的时间和精力都可以放在你自己喜欢的方面。那么你有什么打算？"

"我最喜欢的是教育学，可是教育学方面的书籍很少，所以我读得较多的还是文学作品。"

"是啊，这个小地方这方面的书籍不多，尤其是民族文字的几乎就没有，在民族院校里目前也没有开设这门专业。"

"我也喜欢文学。"

"在学生时代什么专业都可以，至于将来做什么事情那是后来的事情，老实说看你的性格和我有点相似，这种性格的人只能搞学问，搞行政只有死路一条。可悲的是很多人不知道自己适合做什么，我看当增做什么都行，这就是你们两人的不同之处……"

贡布买来了很多吃的喝的东西，他这个人相当大方，其结果就是到了月中旬连饭钱都成问题，好在只要索南卓玛不缺钱他也就不缺钱。几盅酒下肚后更是热得要命，每个人的额头乃至全身流出擦不完的汗，同时每个人的话也多了起来。

多布丹老师说："放暑假后我要和你们一起去泽雄草原，那是我的第二故乡，那里洒了我的青春和汗水，我也学到了很多知识。最主要的是那里还剩有许多值得研究的民俗和语言，以前我还不懂得它的珍贵价值。尤其是那里有许多藏文词典和汉语言中没有的游牧词汇。譬如说光牛粪就有好多种做法和叫法，如果不抓紧时间搜集，这些词汇就会随着畜牧业的消失而消失。"

我的父亲萨培提出不同看法，说牧民容易随波逐流，那里没有剩下多少值得研究的东西，相对而言农区还保留着许多传统文化。

贡布说，如果多布丹老师去泽雄草原的话就要住在他的家里，不许去别的人家。

我的父亲当增说多布丹老师一定要住在他的家里，因为他们家的条件比贡布家的好一点。

贡布说我的父亲当增处处看不起他，使他很不高兴。我的父亲当增说他绝对没有这个意思，还埋怨贡布多疑。

就在这个时候，我的父亲萨培突然说他不想去上大学了。

大家一时惊讶，一个个瞪着眼睛看着我的父亲萨培。过了一会儿，多布丹老师说："你是不是被魔鬼缠身了？牧民有句俗话叫作'放在嘴里的酥油吐在地上。'说的就是你，你不想去上大学那你打算干什么？"

"我也不知道，也许回到帐圈里当个放牧员。"

贡布着急得一边发誓一边说："我的一切善事在上，这世上再也没有比我笨的人，但是毛主席保证，这一次你这个'凹眼'绝对错了。是不是老死（汉语：老师）？是不是'凸眼'？"

"如果你不去那我也就不去了，我们两个是一件皮袄里成长的兄弟，我……我离不开你。"我的父亲当增流着眼泪说着。

多布丹老师呷了一口酒说："我不知道你在想什么，也许你的选择是对的，因为懂得越多烦恼也就越多。但是话又说回来,这世上没有对错可言。不过你上完大学后再做决定也不迟啊，所以这次你还是去吧，就算再次看我的面子好吗？"

"是呀，多布丹老师对我们恩重如山，听老师和父母的话绝对错不了。"

"嘿嘿，你不是也没听你爸爸的话才来上学的吗？"

"可是我是听了老师的话才来上学的呀，因为老师比我的爸爸有水平。"

"好吧，我知道你们为我好，这次我就听你们的。"

"这就对了，来来，喝酒。"

43

"该下地狱的'凹眼'，你昨天说的那个是醉话吧？"第二天早上刚醒来，我的父亲当增迫不及待地问我的父亲萨培。

"不是醉话。"我的父亲萨培趴在被窝里点燃一支香烟说："我的妹妹很快就要出嫁了，我的弟弟还小。"

"那你也没有必要回去放牧呀。"

"唉——不知道为什么，这段时间我越来越想念草原，想念牛羊。"

"……"

真的，放了暑假一回到家，我的父亲萨培穿上了他父亲的那件夏季薄皮袄，就担当起一个名副其实的牧人角色，与真正的牧人不同的是他怀里总有那个形影不离的书包。他将牛群赶到远处的山坡上，选了一块牧草长势较好的地方把坐骑縻在那里，仰望天空追忆过去的岁月，推测未来的道路，他想起了与我的父亲当增一起捕捉鼠兔和牧人们称之为"鼠兔清洁工"的白腰雪雀的情景。他想起了我的父亲当增的父亲先巴背着步枪，马鞍后的捎绳捆绑一具黄羊或雪鹿的尸体阔步走来。

"那些三四百只一群一群的野生动物如今去了何方？那个不熟悉路线的人寸步难行的花湿地如今在何处？那些有着优美舞姿和动听歌喉的黑颈鹤如今又飞往哪里？……"我的父亲萨培给自己提出一大堆永远找不到答案的问题，又想起他和我的父亲当增还没有上学以前，有一次队长给全体村民下命令道："用十天时间灭鼠，每个人必须交出五对鼠兔的耳朵。"

非常忌讳杀生的牧人们在暗地里捕捉鼠兔，割下双耳后，又将其放回去。我的父亲萨培抓到一只鼠兔后交给我的父亲当增，自己揪着那鼠兔的双耳，正准备割掉耳朵的时候，那鼠兔突然挣扎一下，三宝啊！约一寸宽的皮或者说整个脊皮从耳根剥到尾巴夹在我的父亲萨培的左手指尖上，那鼠兔身上顿时流满鲜血，尖叫着跑走了。这是我的两个父亲眼前永远挥之不去的最恐怖的一幕，有时候他们梦见很多没有皮肤、血淋淋的鼠兔在自己周围，甚至在身上跑来跑去。

气温逐渐上升了，我的父亲萨培脱下皮袄铺在地上仰卧其上，看着缓缓南移的朵朵白云，想起了《云使》，想起了亘桑拉姆。他自言自语道："她那坏男人是否仍在欺负她？但愿她过得好一点。"他又想起了多年前那个不敢直视他的脸，后来突然不知去向的可爱的小护士。

"嗨，为什么偏偏想起跟自己没有关系的那些姑娘呢？自己应该想起来的不就是白玛吉吗？"我的父亲萨培说着取下了手腕上的那块手表抚摸着。

"我知道你去了大学后一定会忘记我，可是我不怪你……"我的父亲萨培和白玛吉离别的那天晚上，白玛吉紧紧地抱住我的父亲萨培说。她左手仍搂着我的父亲萨培的脖子，右手拿出这块手表戴在我的父亲萨培的手腕上。

"这个一定是你几个月的工资，我不能接受这么贵重的东西，真的不能。"我的父亲萨培说着准备取下来还她。可是白玛吉连同手表用力掐住我的父亲萨培的手说："你也得给我送个纪念品。"

"我……我……你也知道，我除了铺盖和几件衣服，还有几本书之外什么都没有。对了，我就送你一本我最喜欢的书怎么样？"

"我不要书。"

"那么……我可什么都没有。"

"你有，我要你的一张照片。"

"噢，这个当然可以，这样吧，我也不要这块手表，就要你的一张照片。"

"嘿嘿，我没有照片，如果你真的不想要这块表，那以后捎给我就是了。但是你没有彻底忘掉我之前不许还给我。"

……

突然听到汽车的声音，我的父亲萨培抬头望去，看见一辆草绿色的"北京"牌吉普车向他驶来，毫无疑问那是我的父亲当增的父亲先巴。

我的父亲当增的父亲先巴依然红光满面，依然梳着黑亮亮、油光光的中分头，可是仔细一看就能看到有很多白发，奇怪的是他身上再也没有雪花膏的味道，至少我的父亲萨培已经闻不到了。他今天也带来了我的父亲当增，我的父亲当增的脸上充满了忧伤。原来我的父亲当增的父亲先巴坚决反对我的父亲当增去上大学，我的父亲当增最后无奈地说："如果'凹眼'去上大学我也非去不可，如果'凹眼'不去那我也可以不去。"因此我的父亲当增的父亲先巴今天是来给我的父亲萨培做所谓的"思想工作"的，他说："趁我还没有退休之前你们两个参加工作，要不了多长时间·定能乔个一官半职，然后就看你们自己的本死（汉语：本事）啰。"

我的父亲萨培说："我本来就不想去上大学。"这使我的父亲当增十分失望。

"这就对了嘛！看这孩子多懂事。"我的父亲当增的父亲先巴显得有些激动。

"可是我现在已经答应多布丹老师要去上大学，我不能出尔反尔。再说即使我不上大学，我也不想当干部，我想当个放牧员。"

"说什么呀？你不想当干部，那你为什么当初去上学？"

"因为当初'凸眼'去上学，所以我也想去。现在就算'凸眼'不去上大学，我也要去。"

我的父亲当增的父亲先巴急了，他觉得自己能说服全县大多数干部群众，就不信说服不了这个毛孩子。于是他真可谓说破了嘴，甚至引用很多毛主席的语录。

"在绿草如茵之上，在蓝天白云之下，听着鸟儿的歌声，看着可爱的牛羊……先巴叔叔，您不觉得这样很惬意吗？"我的父亲萨培朗诵诗歌似地问我的父亲当增的父亲先巴。许多年后，当我的父亲萨培正在面临死亡的时候，我们说要带他去最好玩的地方旅游，可他说最惬意的莫过于在绿草如茵之上，在蓝天白云之下，听着鸟儿的歌声，看着可爱的牛羊。遗憾的是那时候包括我的父亲萨培的家人在内的牧民们都已经搬到生态移民村，已经没有草场和牛羊了。

我的父亲当增得意地偷笑了一下，他的父亲先巴根本听不进去我的父亲萨培说的话，正如我的父亲萨培根本听不进去我的父亲当增的父亲先巴说的话一样。

44

我的父亲萨培放牧一个月后来到泽雄县城的时候，脸被晒成了红褐色，他去了我的父亲当增的父亲先巴家里，现在像先巴这样的领导已经住在两间或三间公房里，我的父亲当增拥有其中的一间，他一见到我的父亲萨培就说："哈哈，该下地狱的'凹眼'，如果现在白玛吉看到你这副模样，准会把那块表要回去的。"

"先不说这个。曼腊措已经来到了这里，毫无疑问是来找你的。"我的父亲萨培有一个特点，那就是不管他说真话还是假话，脸上的表情几乎没有什么变化，总是那么一本正经，所以就连一辈子跟他形影不离的我的父亲当增也永远看不出我的父亲萨培说的是真话还是在开玩笑。

"真的？"

"如果她知道了你是一个官员的儿子就很难摆脱了，现在的人几乎都是这样，再说她可能怀孕了。"

"真的？"

"她和索南卓玛在一起。"

"真的？"看来我的父亲当增吓得不轻,除了连续"真的？"以外什么也说不上来。

我的父亲萨培取下腕上的手表说："我要让索南卓玛把这块手表转交给白玛吉。"

我的父亲当增更加着急，他那双大而凸的眼睛变得更大更圆，他来回走动着说："这可怎么办？哎哟，他的死尸烂骨，这一切都怪那个该死的'尿袋'贡布！这可怎么办？"

我的父亲萨培十二分得意地看着我的父亲当增捶胸顿足的样子,差一点要笑出来的时候,他们以前的校友才加进来说："'尿袋'贡布的对象来了,贡布让我去叫你们,说一起吃个饭。"

"是不是还有另外一个姑娘？"我的父亲当增的眼睛几乎要蹦出来似地问才加。

"是的，还是个大美人。"

"该死该死，真是该死！"我的父亲当增彻底垮了。

我的父亲萨培更加得意地说："看来这下你的麻烦就大了，还是快点过去吧，如果人家找上门来的话你的麻烦就更大了，不是吗？"

"不不。"我的父亲当增着急地说："你们去告诉他们我已经去上学了，反正过两天要走嘛。"

我的父亲萨培用汉语说了一句汉族谚语，那就是"躲得了初一躲不过十五"。他又用藏语说，"所以我看你还是应该去见见她，我要走了。"

本来就很迟钝的才加不知道我的两个父亲在说什么，傻乎乎地站在那儿，看见我的父亲萨培出去了，他也就跟上去。无奈之下，我的父亲当增也只好跟了上来。

贡布和索南卓玛在一家饭馆里等候我的两个父亲和才加。那饭馆的天花板四角全是蜘蛛网，每根蛛丝上长年累月地烟熏加尘埃，显得很粗很黑，地砖上全是油污，稍微夸张地说饭桌上也比地砖干净不了多少，总而言之这是一爿脏得不能再脏，一看就让人倒胃口的饭馆，"只有贡布和才加这样的人才会选择这样的地方。"这是我的父亲萨培过一会说的话。

索南卓玛旁边确实有一个女人，但她不像才加说的那样是个"大美人"，更不是曼腊措，据贡布介绍说是索南卓玛的姐姐。我想这个时候我的父亲当增才知道自己被我的父亲萨培捉弄了，他很气愤的同时肯定也有一种如释重负的感觉。

贡布宣布他和索南卓玛要结婚，并请求我的父亲当增给他的父亲先巴说一下，帮忙将索南卓玛调到泽雄县。

"当然当然。"我的父亲当增满口答应。

"只有贡布和才加这样的人才会选择这样的地方。走，换个干净的地方好好庆祝一下。"我的父亲萨培说。

45

"儿啊，不知道你自己是否注意到了没有，不知从什么时候起，你的性格变得越来越古怪，而且越来越严重，已经看不到你的微笑，听不到你的笑声。你没完没了地问一些我们家族过去的事情。俗话说：'天上的彩虹虽好看却做不成新娘的衣服，前辈的业绩虽光荣却当不成后人的财富。'提那些事情没意义。唉——"我的父亲萨培的父亲显得忧心忡忡，将卖掉两头牦牛的钱递给我的父亲萨培。这是我的两个父亲去上大学前两天的那个早晨的事情。

"我的性格真的变得越来越古怪吗？"我的父亲萨培一路上一再问自己。

每次进入通往内地乃至全球的这条土路的时候，我的两个父亲不由自主地想起几年前在一辆货车上亲历"寒地狱"的那个情景。而想到这个情景，就使他俩即使在炎热的夏天坐在客车上也不由地打寒颤。他们到达目的地的第一个感受就是非常闷热，其次是色彩缤纷，长短不一的裙子下面匆匆闪动的象牙一般洁白圆润的大腿小腿。

那天也和三年前我的两个父亲到达现在已经成为母校的那所学校的第一天一样，报完名，分到宿舍的时候晚餐时间已经过去了。好在这里到处都有大大小小的饭馆，而且我的两个父亲手里也有点钱，他们吃饱喝足后才去了宿舍。宿舍里有四张铁制高低床，可以睡八个人，在这里我的两个父亲将要度过四年中的大部分时间。所有的下铺被前面到的同学占领了。我的两个父亲高兴地占了两个上铺，但是不久之后他们发现这里与小学和初中时不同，睡下铺不必担心从上铺掉下尘埃，更不必担心有人尿床，大不了有人在甜梦中遗精，而这对睡下铺的人构成不了任何威胁。尤其是像我的父亲萨培这样不爱运动的人来讲下铺的优越性更大，不必受爬上爬下的劳累。于是我的父亲萨培提议以抓阄的方式重新调整铺位，这个提议得到睡在上铺的同学强烈支持，同时受到睡在下铺的同学一致反对。

"那么这一学期你们睡下铺，下一学期我们睡下铺，以此轮流，这样公平吧。"我的父亲萨培说。

已经占了下铺的同学们还是表现出不满的态度，其中有个叫马洛加的农区人，他勉强能听懂藏语，说起来相当困难，藏文更是连小学水平都没有，他很不高兴我的父亲萨培对他们指手划脚，便用汉语反驳："总该有个先来后到吧？谁给你这样安排的权利？"

不知为什么，我的父亲萨培自从第一次见到马洛加的那刻起就对他没有一点好感，现在听到这样的话更感到无比气愤。但是我的父亲萨培无论高兴还是气愤，脸上的表情没有多少变化，就像他说真话和说假话时脸上的表情没有什么区别一样，他慢慢走到马洛加旁边，出其不意地甩了重重的一拳，其结果是像那些喜欢夸大其词的人们说的那样，将没有任何防备的马洛加"铺"到了床上。

当马洛加抬起头来的时候，我的父亲萨培也用汉语说："你问我谁给的权力是吧？回答是拳头给我的权力！听清楚了没有？"

这时候其他人惊讶地看到马洛加的左耳里正在流血。马洛加发现自己耳朵里流血后将血液涂在整个脸上，显得更加恐怖，他站了起来，可丝毫没有反击的打算，只是说声"野蛮的老牧民，你等着！"就出去了。

我的父亲萨培的这一拳不但把马洛加"铺"到床上，也吓坏了其他同学。他们都说我的父亲萨培的提议公平合理，马洛加活该倒霉，其中一个人还说自己本来就不喜欢睡下铺，要求立刻与我的父亲萨培交换铺位。看来我的父亲萨培再努力一把，离"校霸"的位置也只有一步之遥了，但是他从小就没有当校霸的欲望，可也没有拒绝"不喜欢"睡下铺的那个人的一番好意。

我的父亲萨培正在等候老师的到来或传唤，没想到来迎接他的却是两名警察。马洛加说他的左耳什么也听不见就住院了，所以我的父亲萨培被拘留。经过用各种仪器检查后医生说马洛加的听力很正常，我的父亲萨培也就放了出来。

"阿爸的肉，我刚进入新学校就被那个老狐狸投进了派出所，真是晦气！倒霉透顶！我绝对不会轻饶那个杂种！"我的父亲萨培愤愤不平。

"我看算了吧，那天你也实在有点儿过分。"我的父亲当增说。

"我知道自己有点过分，他去报案我也可以原谅。可那个老狐狸说什么'耳朵听不见'。亏他想得出来！这个杂种，我一定要让他死得很不舒服，哪怕我被开除甚至被判刑也在所不惜！"我的父亲萨培在旅行包里取出从家里带来的那个两米长的编皮绳一头拴有半尺长的四角铁质打狗棒。

"我看还是算了吧，小时候你一到学校咱俩就毁掉了一个人的前途……"

"我至少要让那个杂种睡上铺……"

"你没看到他只吃馒头，很少吃菜，荤菜更是一次都没吃过吗？我看他条件特别差，怪可怜的。"

"是吗？我怎么没注意呢？若真是这样，就值得同情。"

一天中午，宿舍里只有我的父亲萨培和马洛加两个人。那天天气非常炎热，马洛加的头上脸上胸前背后全是汗水，真可谓"汗流浃背"。他洗了身上那件领子都磨破了的T恤衫晾在床沿，快到上课的时候，那衣服还是湿漉漉的，可是马洛加毫不犹豫地穿在了身上。

"你的衣服好像还没有晾干。"我的父亲萨培下床说道。

"没有关系，一出去就会干了。"

"你们家有多少地？"

"三亩地。"

"几口人？"

"七个人。"

"噢，三亩有点少呀。"

"而且是旱地，没有多少收成。"

马洛加走路有点快，我的父亲萨培落在后面，他看着马洛加有点驼背的背影突然从内心深处对他产生强烈的怜悯之心，十分后悔几天前的那一拳，跟上前去，但又不知道说什么好，最后说："你的名字前面为什么有个'马'？"

"这是姓，难道你们就没有姓吗？"

46

当我的父亲萨培和马洛加来到教室的时候，其他同学都早已到齐。这个班里有已经成为一两个孩子父亲的三十岁以上的中年人，大多数是二十多岁的男女青年。我的两个父亲岁数最小，他们的专业是藏语言文学，但是也有像马洛加那样的藏文水平还不到小学程度的人，甚至还有不懂藏语的人，当然也有几个像我的两个父亲那样的藏文程度已经达到一定水平的人。所以我的两个父亲没有指望在这里能学到多少知识，然而根据有些人的要求，今天班主任老师来到教室将他们分为甲乙两个班。甲班的藏文由教授和各寺院请来的高僧学者授课，乙班的藏文由随便一个人教授小学课本。至于分班的根据是高考藏文和汉文的平均分数再加上入校后的摸底考试成绩。这样一来我的两个父亲毫无疑问是甲班，而马洛加等自然是乙班。我的父亲萨培对我的父亲当增说："那个'驼背'就要去乙班了，怪可怜的，我们请他吃个饭怎么样？"

"这跟当年那些留级的人不一样，没有什么值得可怜。但是你那一拳却是有点过分，应该给他道个歉。"

"没错，我也越来越感到内疚。"

"你不好开口的话我把他叫来。"

"好吧。"

我的两个父亲在最后一排课桌上窃窃私语的时候，老师在讲台上宣读了甲班人的名单，没想到马洛加的藏文分数虽然很低，然而汉文分数却很高，平均下来他能进入甲班。更没想到的是马洛加站起来说他的汉文分数较高，但是藏文程度很低，所以要求分到乙班里去。

老师说这是系里的决定，自己无权作主。

下午五点的时候，我的两个父亲和马洛加聚在一家饭馆里。天气依然炎热，饭馆墙壁上的电风扇吹来的风好像也是热乎乎的。我的父亲萨培还没有点菜就给马洛加手里放了一大碗啤酒，自己拿起一碗，没头没尾地说："请原谅那一拳。"没等马洛加回话就一口气干掉一大碗。

我的父亲当增看到我的父亲萨培的这一举动忍不住大声笑出来，这使我的父亲萨培更加不知所措，再次干掉了一碗啤酒。马洛加也显得很不自在，仍然举着那碗啤酒。

两大碗啤酒下肚后，我的父亲萨培有了勇气，说话也有了头绪，他用汉语说："实在对不住，回想起来我也不知道怎么出了那一拳。我真诚地向你道歉！"然后一碗接一碗地与马洛加碰杯，又说："你不要去乙班，我给你辅导藏文，不久你一定会跟上我们的，你有信心吗？"

"这……"

"'世上无难事，只怕有心人。'你要努力，我和'凸眼'帮助你，我们不但帮助你的学习，还要力所能及地帮助你的生活。"这可不是酒后的话，当我的两个父亲知道了马洛加的父亲是个残疾人，母亲又有很多疾病后经常给他一些旧衣服，有时候也给他几块钱。可是马洛加对藏文没有多少兴趣，所以我的两个父亲也没给他辅导。

慢慢地马洛加的话也多了起来，他说："你们两个是否会背诵唐诗三百首？"

"不要说三百首，连三十首都不会。"我的父亲当增说。

马洛加很失望地说："作为一名文学专业的大学生，至少应该会背诵唐诗三百首啊。"

我的父亲萨培有点急了，说："我们作为藏语言文学专业的大学生，首先要背会的是《诗镜》，但是这个你肯定不会背诵。那么你是否看过莎士比亚的戏剧？"

"没有。"

"叶芝的诗你读过没有？"

"没有。"

"那么你是否看过卡夫卡的小说？"

"老实说除了高尔基以外，我不喜欢任何一个外国作家。"

"我最不喜欢的一个海外作家恰恰是高尔基。"

……

墙壁上的电风扇在拼命地摇摆、转动，加上喝了很多啤酒，使我的两个父亲和马洛加的体温下降了不少。

47

这所学校里到处都有我的两个父亲叫不上名字的各种树木和花草，幽静的树木间有木质长椅，与公园没有什么区别，各民族师生悠闲自得地在树荫下休息或看书。这里的饭菜美味可口且多样。只要你有条件，这里穿喇叭裤、西服也没人说三道四，只要你不怕热、不嫌麻烦，留再长的头发也没人干预。这里随便可以读到几年前连夫妻之间也要提防的木刻版《菩提道次第广论》，还可以看到拉丁美洲的魔幻现实主义文学作品和毕加索的绘画作品。更让我的父亲萨培感到欣慰的是这里没有人调查和在乎你的阶级成分，总之这是我的父亲萨培上过的所有学校中最可爱的一所学校，这一时期也是他一生中最美好的一段。

尽管现在很少有人专门学习马列和毛泽东的著作，但几个月以前我的父亲当增以"用马列主义和毛泽东思想武装自己的头脑，言行一致地反对资产阶级自由化，为实现四个现代化而奉献自己的一切……"等内容的入党申请书得到批准，他被吸收为预备党员。那一天，我的父亲萨培在暑假期间写的那篇题为《仲夏的草原》的长篇散文被刊登，寄来几十元稿费。

文章大意为：繁星还在当空之时，牧女们匆匆起床，在悠扬的《度母颂》朗诵声中牛奶"唰唰"地像一根根银箭似地挤入柏木奶桶中，东方的地平线逐渐发白，不知不觉黎明过去了，天亮了，阳光从山顶到山腰，从山腰到山脚，普照整个大地，草尖上晶莹透亮的露珠渐渐蒸发了。远处阿尼喇日的山腰上一条像一串珍珠项链的白云，一会儿断裂，一会儿蒸发。每一顶帐篷上炊烟袅袅，香醇的奶茶味弥漫着屋里屋外。男人们悠闲自得地把牛群和羊群赶往山坡上或河流边，在绿草如茵、百花齐放的草地上坐下来，口颂各种长短不一的愿六道众生脱离苦海，最终成佛的祈祷词，同时有的人在接羊皮，又的人捻毛绳。

这个时候家中的妇女们有的在屋里打酥油，有的在屋外晒牛粪。一整夜吠叫不停。东奔西跑地守护畜群的大藏獒们也放心大胆地睡在帐篷的阴凉处。大约午后时分，西方的天空中突然出现一朵白云，且瞬间变黑变大，遮天盖地，闪电伴随着雷鸣，下起倾盆大雨，但是时间很短。雨过天晴后，一弯鲜艳夺目的双层彩虹久久挂在天地之间。傍晚，畜群归来，小牛犊见到母亲格外激动和兴奋，摇摆着小尾巴用力吸奶，痛得母牛不断地尥蹶子。牧人们围在土灶旁边说笑不停，其乐融融，吃肉喝茶，当然最后还有酸奶。这个时候一整天光着屁股戏水玩耍的同时看牛犊的孩子们早已在火灶边进入了睡梦，当人们出门撒下这一天最后一泡尿的时候，皓月当空，万籁俱寂。不知是谁，习惯性地大声而悠长地喊了一声"咯嘿嘿——"，藏獒们也跟着吠叫，这既是给豺狼的警告，又是给盗贼的警告。

整个作品语言优美华丽，自然流畅。描述了集体所有制生产模式结束后牧民悠然自得，少欲知足，丰衣足食的生活情景；流露出作者对人与自然和谐共处的田园风光充满向往的真情实感。从中完全可以看出我的父亲萨培多次说他想回到草原当个牧民可不是说说而已，更不是酒后的话。

很多师生都沉浸在我的父亲萨培的那篇作品当中。那个现代文学老师更是激动得一塌糊涂，他拿着那本杂志到各个班里去一段一段地朗读，还说这是藏语现代文学的一座里程碑。正如他所言，这篇文章后来被选入藏语大学教科书，已译成多种文字，其评论文章至今仍然不断。

那个现代文学老师还对我的父亲萨培说："你是个天才！"

我的父亲萨培眯着小眼睛说："多谢了，马克·吐温说'一句赞美的话，等于我十天的口粮'。我同意他的观点，嘿嘿。"

"我不是在开玩笑。"

"那就更谢谢您啰。"

我的两个父亲说要出去喝几碗庆祝一下。他们来到大门口时，看见那块告示栏上说我的父亲萨培有一封挂号信。这是多布丹老师寄来的，信中说他偷过牛粪，但从来没有低头求过人，更没给人送过钱走过后门，所以他已经下决心放弃调动工作的事情，而且已经递交了退休报告。

我的父亲萨培刚才还十分高涨的情绪一下子低落到极点，说再也没兴趣去喝酒了。

我的父亲当增说："多布丹老师难道就连五百块钱都找不到吗？再说他也不是个抠门小气的人呀。"

"这不是钱的问题。"

"那又是为什么？"

"他说得不是很清楚吗？他不走后门，这是原则问题。你这个凸眼，刚才看信的时候脑子里是不是又想着那个有狐臭味的女人？"

"真是没完没了！你不提她行不行？"

"知道吗？现在你自己身上也有狐臭味了，离我远点。"

"你……真是莫名其妙！"

48

我的父亲萨培除了历史老师讲授石碑文献、敦煌古藏文、《白史》《青史》《红史》《西藏王臣记》《颇罗鼐传》和那位七十多岁的胖高僧讲授佛教史、《教派广论》的时间之外总是不在班里，到其他系里旁听或在图书馆里读书写作，班里的各种活动更是一次都不参加，这样一来作为班长的我的父亲当增不得不找我的父亲萨培谈话。

"你长期不在班里上课，班里的各种活动你也从不参加，这样一来我就没法抓其他同学的纪律，希望你能理解我的苦衷……"我的父亲当增还没有说完，我的父亲萨培打断他的话说："你没法抓纪律那就不要抓了，现在我们不是小学生，用不着抓什么纪律。《诗镜》我们俩在高中的时候就已经学过了，汉语课中文系的老师讲得更好，不信你去听听，所以我以为你自己也想学什么就到什么地方去旁听更好。"

"照你这么说就没有必要分系和班，还有专业，是不是？"

"你不认为我们的教育体制有许多弊端吗？"

“这不是你我该管的事情……”

“什么叫作不是你我该管的事情？我看你患有斯德哥尔摩综合症，而且越来越严重。你当什么班长呀？”

“那是大家选的，你不是也选我了吗？”

“老实说我没有选你，因为我们两个到这里来不是为了掌权，而是为了学习知识。如果你想掌权的话，当初就应该听你爸爸的话参加工作，那样你现在应该是个科级干部。”

“总不能……”

“算了，我不想听。人家刚刚看到一缕自由的曙光，没想到你小子想来约束我，没门儿！大不了我就回到草原放牧，那样我还求之不得呢。”

“就是草原上也没有像你这样无组织无纪律，自由散漫的人立足之地。”

“那你也管不了我，你想都别想！”

“看看看看，又来了。算了，我也不想跟你争。还是叫上两个姑娘去公园怎么样？”

我的父亲萨培平静下来，一双小眼睛变成一条直线说：“哈哈，我正好约了一个姑娘明天去公园。”

我的父亲当增的那双大眼睛好像要蹦出来似的，脑袋伸过来问：“是谁呀？哪个系的？什么民族？”

“那么你想叫的是谁？哪个系的？什么民族？”

"我想叫我们班的两个姑娘。"

我的父亲萨培说："我们班的？不不，我们班里的姑娘一个好看的也没有！"

我的父亲当增说："是的，如果能约到其他系的或其他民族的姑娘，那就好了。"

"我只约了一个姑娘，不过她也许可以再叫一个来。"

"那就有劳你了，我来买单。"最近我的父亲当增越来越有钱，而且越来越大方。这使我的父亲萨培不得不怀疑我的父亲当增的父亲先巴是否在贪污公款或者收受贿赂。就问我的父亲当增："你哪来那么多钱？"

"你以为只有你一个人在拿稿费？"我的父亲当增得意地反问道。

我的父亲萨培这才想起近期我的父亲当增经常拿来一本杂志或一份报纸问这篇文章怎么样，原来那些都是他写的。问道："该下地狱的'凸眼'，你为什么用那么多笔名？"

"嘿嘿，如果将来我真能写出像样的作品，就不承认以前那些是自己写的。不说这些了，说说那姑娘吧。"

据找的父亲萨培说，有一个图书馆工作的老家在拉萨的年轻女子，原本出生并成长在藏北草原，后来跟随父母在拉萨定居。她叫巴桑卓玛，人长得不是特别漂亮，但身材高挑，气质非凡。她在学安多方言，开始的时候是巴桑卓玛主动向我的父亲萨培请教一些问题，后来我的父亲萨培也跟她学习拉萨方言。她非常喜欢我的父亲萨培的作品《仲夏的草原》。这样一来所谓"瞎猫碰到死老鼠"的谚语就发生在他们身上，现在他们的关系已经发展到了一定的程度。

"所谓'一定的程度'到底到了什么程度？有没有发生……？有没有到这个程度？"我的父亲当增的眼睛睁得更大更凸，。

我的父亲萨培说："还没到那个程度。"

"唉——"我的父亲当增有点失望。

49

秋末的一个周日早晨，我的父亲萨培起床较晚。宿舍里的其他人都出去了，他洗完脸照镜子，梳着长发，脸上露出得意的表情，然后从我的父亲当增的床头上拿下一摞报纸和杂志，寻找我的父亲当增用各种笔名发表的作品。这些作品以前我的父亲当增让他看过，只是当时没有那么认真地读。我的父亲当增平时能说会道，且看不出什么破绽，但是一个人到底有多少水平，有多少才华，只有在他的作品中才能体现出来。我的父亲当增的这些作品除了满篇词藻、语言华丽、比喻夸张之外，从结构到手法没有多少创新，内容更是对党和国家的正确方针政策、城市和校园的美好环境、老师们的德才兼备以及八十年代的新青年为了实现四个现代化而废寝忘食地学习文化知识等口号式的、千篇一律的、歌功颂德的所谓诗歌，几乎没有什么新的思考和见解。如果这样下去，离我的父亲当增所说的"像样的作品"更遥远了，这使我的父亲萨培大失所望。就在这个时候我的父亲当增在心里想："是我的影响下'凹眼'才去上学，当学校没有给他发校服，成为孤家寡人的时候是我安慰他，后来又是在我的影响和鼓励下他才成为一名大学生。我和他从小在一件皮袄里成长，正如谚语所说的'有一口饭同吃，有一卡布同穿'，我们一起对付和打败了'厚嘴'萨智，自己一直认为我们是跟亲兄弟还要亲的完全可以信赖的人。可他倒好，连个班长他都没有选我，真是人心叵测啊！现在看起来这个'凹眼'只是个有仇不报的人，而不是一个知恩图报的人。"我的父亲当增失落地漫步在变黄的树叶一片接一片地洒落在地上的花园里。又想："俗话说'相伴的时间长了，就连佛陀身上也能发现缺点来'，又道是'人无完人'。再说他没有把我选班长是他自己说出来的，也许是他担心当班长会影响我的学业，如果他是想害我或者是妒忌我，那肯定不会自己说没有选我。'凹眼'这个人很固执，但他绝对不是个小人，算了，想这些没意思。"这样一想他的心情也平静下来了。

"该下地狱的'凸眼'，我找你找得好苦啊，怎么一个人在这里？走,到图书馆去。"当我的父亲萨培找到我的父亲当增时说道。

"去图书馆干吗？"

"去看看巴桑卓玛在不在,如果在的话,让她去叫一个姑娘,然后去公园。"

巴桑卓玛说她上午上班,中午下班后可以带一个姑娘来。

我的父亲萨培看了一下图书馆阅览室墙壁上的那块大钟表,快到中午了。就跟巴桑卓玛说："那么我们在北门等你们。"就出来对我的父亲当增说："那姑娘就算不太漂亮,但愿不是个有狐臭味的人。"

我的父亲当增说："这个很难说。"

"如果这个女人也有狐臭味的话,那说明你命该如此,谁也没有办法。这样吧,到时候我想办法将巴桑卓玛领到别处去,然后就看你自己的本事啰。"

"可……可是我不会讲拉萨话。"

"那就说汉语吧,我和巴桑卓玛刚开始的时候也是用汉语交流的。噢,对了,我给你教一句拉萨话。"我的父亲萨培眼睛变得更小,他像亲吻似地将嘴唇轻触了一下我的父亲当增的耳朵。

"焦……加？（做爱）"我的父亲当增迷惑地问。

"对,我知道你有非凡的语言才能。"

"'焦加'是什么意思？"

"这你得问那个姑娘啰。"

在北门口差不多等了一个小时，我的两个父亲的腿脚站得都有点麻木的时候，巴桑卓玛领着一个身穿蓝色绸缎拉萨服的女子出现在他们面前。这个时候公交车也刚好到站，我的两个父亲和巴桑卓玛他们还没有来得及相互打招呼和作介绍就匆忙挤上了车。车上很拥挤，且有留着长发，身穿奇衣怪装，一眼就能看出是小偷的五六个年轻人，所以车厢里弥漫着一种没有任何安全保障的气氛。

"我的钱包被偷了，是他偷的。"巴桑卓玛忽然尖叫起来。就在这时候公交车到站并且打开了车门，那几个年轻人争先恐后地下车。我的两个父亲也跟着下车的同时我的父亲当增揪住巴桑卓玛说的那个小偷的头发，那几个年轻人同时拿出弹簧刀，其中一人毫不犹豫地往我的父亲当增的右胳膊上捅了一刀，将刀子拔出来准备再捅一刀的时候突然"咔哒"一声，那年轻人趴到地上，手中的弹簧刀也掉到老远。我的父亲当增一手仍然揪着那个人的头发，一手正准备拿起那把弹簧刀时，手中的人突然挣扎一下就逃脱了。我的父亲萨培抡着打狗棒追上去，那人边跑并掏出钱包扔在地上。我的父亲萨培捡起钱包回到张着嘴嗦嗦发抖的两个女人身边的时候，除了趴在地上那个人之外其他人都不见了。那个人头上仍在流血，身子在痉挛，看来情况不妙。我的两个父亲领着两个女人匆匆回到了学校。

我的父亲当增胳膊上的伤口只是流了一点血，没有什么大碍。但是我的父亲萨培的眼前总是浮现那个趴在地上的人头上泉涌般的流血和没完没了的痉挛，还有"咔咔"作响的镣铐以及大檐帽上的国徽。我的父亲当增时时发出微弱的呻吟，可能伤口有点疼痛。宿舍里其他的人有的打着呼噜，有的侧转一下身体后继续睡觉，这一切在我的父亲萨培看来不知有多么幸福。

第二天，巴桑卓玛来找我的父亲萨培，含着眼泪说："如果警察来了，你就想方设法到图书馆来，我把你藏在谁也找不到的一个地方。"

时间一天一天、一周一周、一月一月地过去了，在夜里我的父亲萨培眼前还是浮现出血流泉涌的头颅和没完没了痉挛的肢体，只是"咔咔"作响的镣铐以及大檐帽上的国徽被一把轮椅和一口棺材所替代了，这使他更加痛苦。

50

随着毕业时间的临近，学校里的各族师生、教室宿舍、花草树木，尤其是图书馆，在我的父亲萨培的眼里显得越来越亲切可爱。据多布丹老师讲，"文化大革命"以前他也是这所学校的学生，那个时候图书馆里有许多在长条黑纸上用金汁银汁书写的精美绝伦的书籍，"文化大革命"开始后的一天，将那些书籍堆在图书馆门前的空地上放火焚烧，熊熊烈火燃烧了三天三夜。他每次讲到那个情景，总是痛心疾首，这个情景在我的父亲萨培的脑海里留下了深刻的印象。

"这么大的图书馆里也许还漏有那么几卷，如果有的话，那么巴桑卓玛肯定见过。"我的父亲萨培这样想着不知不觉走向图书馆。那天在街上与那些小偷打架后巴桑卓玛含着眼泪对我的父亲萨培说："如果警察来了，你就想方设法到图书馆来，我把你藏在一处谁也找不到的地方。"我的父亲萨培想："假如那时候警察真的来了，自己去向巴桑卓玛求助的话，她真的会长时间地把我藏匿起来吗？也许她会毫不犹豫地这样做。据说一个女人真正爱上了一个男人，她会为他牺牲一切，这是很多男人做不到的。"他这样想着来到了图书馆门口，仰望着高大宏伟的图书馆又想："如此之大的图书馆里，怎么也会漏有一些旧书。"

找的父亲萨培进去后没见到巴桑卓玛，按照值日表今天是她值班。她可不是那种有着没完没了家务活的女人，也不是经常请假或旷工的人。那么她今天是生病了呢？或者……我的父亲萨培立刻想起许多年前那个不敢直视他脸上的可爱的小护士，后来在他的视线中突然消失的情景。他不由地有些担心，直接前往巴桑卓玛的房间。

有一次巴桑卓玛将我的父亲萨培领到她的房间，他抑制不住自己的欲望，从背后紧紧地抱住巴桑卓玛，没想到她用力挣脱后用拉萨话严肃地说："不能这样，你是学生，而我是学校的员工。如果你有这种想法……你不马上毕业了吗？不管怎样，从现在起到毕业前你不许到我这里来。"说着将我的父亲萨培推出门外。

我的父亲萨培还没有到巴桑卓玛的门口，看到巴桑卓玛从对面走了过来。

"你不是说过把我藏到一处谁都找不到的地方吗？现在警察正在找我。"我的父亲萨培尽量喘着短促的粗气说。可是他的表演瞬间被巴桑卓玛看穿了。

巴桑卓玛微笑着说："那时候我有多傻呀，假如那些小偷真的报案了，警察马上来学校抓人不就完了吗？我们都不是戴着校徽吗？你去哪儿？"

我的父亲萨培只得亮出真实意图："我很想去看一下图书馆的地下书库，你能不能帮我这个忙？"

"那里有什么好看的？"

"我想找一些旧书。"

"那好吧，方便的时候我会告诉你的。"

我的父亲萨培天天去图书馆。有一天中午人们走后，巴桑卓玛从里面反锁了图书馆的门，将我的父亲萨培带到地下书库。我的父亲萨培像个盗墓贼，贪婪地寻找了半天。遗憾的是只有一些近期印刷的木刻版长条书，却没有多布丹老师所说的黑纸上用金汁银汁书写的精美绝伦的旧书，就连一般的木刻版藏文旧书都没有。我的父亲萨培非常失望地准备回去的时候，巴桑卓玛说："你看，这个好像是旧书吧？"说着，她将一摞线装书放在我的父亲萨培的手里。我的父亲萨培一看就知道那不是藏文图书，但还是打开了。原来这是一套有各种做爱动作的手绘彩色插图的汉文版《金瓶梅》！让人觉得至少有二三百年的历史，其形象逼真、印刷精美的程度绝不亚于现代书籍。巴桑卓玛不敢直视对方的同时却兴奋得脸上泛起红晕。我的父亲萨培看着巴桑卓玛，体内的荷尔蒙更是翻江倒海。他搂住巴桑卓玛，这次她不但没有拒绝，反而主动地、疯狂地热吻起我的父亲萨培，也不顾满地尘埃就躺在地上。

"这个书非常珍贵，可惜不是我要找的东西。唉——"完事后我的父亲萨培又拿起《金瓶梅》，郑重地抚摸半响，然后依依不舍地放回去。

"既然珍贵，你就拿走吧。"巴桑卓玛看出了我父亲萨培的心意。

"那怎么行，我拿走了，你怎么交账？"

"这些书还没有造册登记，不需要交账。有些人，通过关系不断地拿走旧书，我猜想他们把那些旧书卖给文物商店。"

"既然这样，那就多谢啦，我把它当作你送给我的珍贵礼物。"我的父亲萨培再次搂着巴桑卓玛，吻遍了她的脸，然后把《金瓶梅》装进了书包。

51

当我的两个父亲大学毕业后回到泽雄草原的时候，我的父亲当增的父亲先巴的头发稀疏了许多，也变成了灰白色，他身上的雪花膏味儿我的父亲萨培再也闻不到了。比我的两个父亲顺利地大学毕业更让我的父亲当增的父亲先巴高兴的是我的父亲当增加入了中国共产党。先巴老人现在已经退到二线，没有直接作出决定的权力，想着让我的两个父亲到他认为"有前途"的党政单位，但没想到我的父亲萨培说他要当一名中学教师，对此先巴老人很失望也很生气。他摇着头愤愤地说："这世上竟然有如此固执的人，如此愚蠢的人，那好吧，你就永远别指望坐小车！"这也可以理解，因为曾经有位年轻美貌的牧女傲慢地说："即使当不了一个国家干部的妻子，至少也要当一个教书的妻子。"教师的社会地位可见远逊于干部。

我的父亲当增被分配到县委宣传部工作，我的父亲萨培被分配到县民族中学任教。他们两个一有闲暇时间就去找对方聊天，这不但是因为他们是二十多年形影不离的朋友，更重要的是他们有所谓的"共同语言"。于是留着长发、穿着西装的两个潇洒的青年，穿梭于泽雄县城的大街，给几十年来几乎没有多少变化的泽雄县城增添了一道靓丽的风景和新鲜的话题。据未经证实的消息，有位年轻的女子看到我的两个父亲后几天不吃不喝，最后自认联姻无望竟然出家为尼。与此相反的是，在我的父亲当增看来这草原小镇的一切对他没有任何吸引力，只有远方城市中的一切像一块巨大的磁铁一样吸引着他。

"唉——不离开这个地方我一定会发疯的。"我的父亲当增对我的父亲萨培说："在我的眼里这里的一切与这个坟场没有什么区别。难道你就没有这种感觉吗？"

我的父亲萨培惊愕不已，他说："怎么会呢，这是我们的家乡啊，你怎么会有这种感觉？"

这是个星期天，我的两个父亲在县民族中学背后的空地上散步，这里是我的父亲萨培小时候经常去的地方，那时候他看到过一个人为的土堆，但不知道这是谁堆起来的，更不知道是干什么用的。现在这里有无数座土堆，虽然上面长满了密密的高高的牧草，但是我的父亲萨培已经知道下面有一具具完整的尸骨；有的土堆前面立有刻着"慈父XXX"或"慈母XXX"等汉字的墓碑。

"唉——人这个生物多么奇妙啊！你看，死了以后还要占用一块地方。你说，这世上还有比人类更贪婪的生物吗？"我的父亲萨培问我的父亲当增。

"是啊。"

"你认为躺在地下和站在地上有什么区别？"

"我不知道你想说什么。我原本以为你比我更想离开这里到城市里去，因为巴桑卓玛……"

"巴桑卓玛现在可能调到拉萨去了，原来她早已强萨加……，噢，就是说她早已结婚了，丈夫在拉萨工作。我们离开学校的前一天晚上，我和她一起度过了最后一夜。我问她是否可以继续来往，她在床上坐了起来，流着眼泪摇着头说：'对不起，其实我已经结婚了，丈夫不愿意调到这里来，只好我决定调往拉萨去。对不起，从明天开始我们要彻底忘却对方。'唉——"

"就……就这样结束了？"

"就这样结束了，而且是永远结束了。噢，对了，巴桑卓玛说我们与小偷打架那天巴桑卓玛领来的那个姑娘被你彻底迷住了。可惜我们从此再也没跟她联系。"

"你这个该下地狱的'凹眼'，为什么不早说呢？"

"这事巴桑卓玛也是我们分手的那天晚上才告诉我的。"

后来我们每次去拉萨的时候，我的父亲萨培总是喜欢一个人坐在酒吧或茶馆靠街的窗前，望着街上的人群很久很久。我想他一定是在茫茫人海中寻找巴桑卓玛。

52

高原强烈的紫外线很快将我的两个父亲白净的皮肤染成紫

褐色，更加糟糕的是这里没有澡堂，七、八月份之外的泽曲河水寒冷刺骨，自从离开城市后他们没洗过澡，全身开始发痒。但是他们的长头发和西装仍然吸引着众人的目光。我的手里有许多我的两个父亲不同时期的黑白和彩色照片，在我看来他们人长得比较英俊。可是有人说我的父亲当增有着格萨尔王的风度那也实在是有点夸大其词；而且他们的高跟鞋和喇叭裤等装束也十分滑稽，但话又说回来，那也是那个时代从城市流行到牧区的迟来的时尚。

我的两个父亲高昂着头走在街上的时候碰见了'尿袋'贡布，于是他们三个人一起来到了我的父亲萨培的房间里。

"今天让这个'尿袋'在大白天里尿裤子怎么样？"我的父亲当增对我的父亲萨培说："拿出你的宝贝来。"

我的父亲萨培从床底下抬出一个黑色的旅行箱放在床上，转动密码，取出一册《金瓶梅》塞到贡布的手里。

"三宝啊，阿爸的肉，啊啧啊啧……"贡布一打开书就目瞪口呆，连连啧舌，的确离"尿裤子"不远或者已经"尿"了。

贡布他忽然站起来，把书挟在腋下说："三宝在上，这个必须给我。"就准备走人。

这下我的父亲萨培着急了，立刻拽着贡布说："这个真的不行，我这是完整的一套，你拿走了一册，整个一套就残了。"

"那就整套给我呗。"

"这个真的不行，这是一个女友送我的纪念品。"

我的父亲萨培正在和贡布争执不下的时候，我的父亲当增说："你知道这套书值多少钱吗？"

"如果说钱的话……"说着贡布从口袋里掏出时称"大团结"的最牛逼的十张钞票共一百元，这是他两个月的工资或他和妻子一个月的工资。他把钱放在桌子上，然后又想走人。

"这不是钱的问题，你别这样。"我的父亲萨培死拽着贡布不放。

我的父亲当增站起来说："这个东西没法用钱来衡量它的价值，如果必须估价的话最少也得几万块钱。"

"真的？"贡布张着大嘴慢慢坐下了，他怎么想也无法相信一套书值几万元，就算书上的这些美女活过来站在他面前，那也不过是几万元的价值。

"所以……"我的两个父亲好像留有一个没讲完的话题，我的父亲当增继续说："所以我们两个必须考研究生，至少我是要考定了。"

"在我看来所有的毕业文凭就像胸罩和内裤一样，那个下面有什么东西自己心里最清楚……"

"但是没有胸罩和内裤就没法到人群中去，不是吗？"

"这么说就连你自己也只有拿文凭的目的，至于是否能学到东西就没有多少信心啰？"

"只要进去当然也学到一些东西，总比不上强吧？"

"我看未必。"

"这几天我做了个小小的调查，结果发现我们所学到的东西在党政部门根本没有用武之地。好在我的汉语表达能力和写作水平强一点。不然的话在党政部门绝对没有立足之地。"

"我们的语言文字就连牧区都没有用武之地，那么在城市里就更不用说了。"

"那不一定，城市里有民族院校和出版单位，还有研究机构和新闻部门。"

"那些单位我们不一定能进去。"

"拿到研究生文凭就比较好办。"

沉迷在《金瓶梅》和那个天文数字一样的"几万元"的贡布终于开口说："怎么？你们两个还要去上学吗？阿爸的肉，这世上没有比我笨的人，但是全县只有你们两个大学生，所以没有必要再去上学了。"

在我的父亲当增的眼里贡布的智商还处在小学生的阶段，所以根本不理他，仍然在做我的父亲萨培的思想工作。

53

当我的父亲萨培第一次走上讲台的时候，学生们的脚臭味和汗渍味使他窒息，长时间无法呼吸。面对眼前的这些孩子，他不由地想起自己的童年和少年时代，也意识到自己不但已经长大成人，而且即将走向衰老，然后走向死亡。所谓"人生短暂"可不是说说而已，他长长地叹口气，决定不再考什么研究生了。

这个时候仍然没有统一的中学藏语文课本，每个学期给每个班级教什么，由各学校或任课老师自己选择。我的父亲萨培还没有摸清学生的水平，所以还没有确定教学内容，今天的任务就是摸清学生的底细，那么最好的途径当然是让学生写一篇作文。我的父亲萨培在黑板上写下"我的学习目的"几个藏文楷书字，说："今天大家写篇作文，写上两三页就行，现在就开始。"然后走下讲台穿梭于学生中间。我的父亲萨培想起多年前喂猪员多布丹说的学习的目的是做一个坚持真理、明辨是非的有价值的人的话。于是他的眼前依次浮现我的父亲当增紧紧抓住他的父亲先巴的腰带离他而去的背影；我的父亲萨培说到学校后慢慢会不想阿妈的时候，他的母亲说这些孩子多么铁石心肠，哭得一把眼泪一把鼻涕的情景；他和我的父亲当增打败"厚嘴"萨智后，有个高年级的学生把他们俩的脑袋重重地碰撞一下，使他入校后落下了第一滴眼泪，喂猪员多布丹穿着一件羊皮大衣总是露出不知是微笑还是嘲笑的表情；学校没有给他发校服、不准加入少先队的时候自己有多么难过；"尿袋"贡布几乎每天晚上都尿床，他在全校师生面前受到表扬准许跳级，曼腊叔叔没完没了、前后矛盾地讲述旧社会像他这样的无产阶级怎样过着牛马不如的苦日子，说着说着眼泪"唰"地下来的样子；给唐老师戴上高纸帽批斗或者说殴打得脸肿鼻青，红头理发师的儿子们把他们追赶到学校等等。想着想着，我的父亲萨培有时脸上出现痛苦的表情，有时露出甜蜜的微笑；所谓"人生如梦""人生如戏"可不是说着玩的啊。这个时候下课的铃声响了。让我的父亲萨培惊讶和失望的是学生们只写了"我的学习目的是为了实现四个现代化。"等一两行字。

"这是什么？你们不是在开玩笑吧？我叫你写两三页，你们却写了一两行！这还叫作文吗？……"我的父亲萨培手足无措地来回走动。他正准备让学生们重新写的时候，上课铃声响了，一个叫郭晶的汉语文老师进来了，于是他只好走出教室。

我的父亲萨培直接去校长办公室，校长是个五十岁出头的性格温和的人，他递给我的父亲萨培一支烟并亲自点火。"我正要找你，你先看看这个文件。"说着校长将一份汉文文件交给我的父亲萨培。

这是一份关于为评选全国优秀教师提供材料的文件。我的父亲萨培匆匆看完之后校长说："我在基层任教三十年，条件具备，关键是要次洛（汉语：材料）写得好。主要写忠实党的教育方针政策方面，当然需要一定的夸张，这个你懂的。你没来之前我们这个学校没一个像样的能用汉文写次洛（材料）的人，现在好了，我看你干脆当学校的秘书吧，这样就可以不上课了。"

"嘿嘿，不上课我还不如当行政干部，我到这里来就是为了上课。再说我没有写公文的经验。"

"公文私文都行，主要是越夸张越好。"

"什么叫'私文'？"

"你不是说没有写公文的经验吗？既然有个'公文'，也应该有个'私文'吧？"

我的父亲萨培哭笑不得，不知怎样给校长作解释。据说这个校长是因为县委某领导的弟弟而当上了校长，其实没有什么能力和成绩，至于水平那就更不用提了，所以我的父亲萨培不愿意写这份校长所说的"次洛"。于是他将话题转向学生的学习，说学生的水平实在是太差，不知道他们整天在干什么。

校长说："那些小混蛋整天在看我大老乡。"

我的父亲萨培知道校长所说的汉语"我大老乡"其实就是"武打录像"。他说："那学校怎么不管一管？"

"坏学生怎么管也不行啊。"

"要是不管，不就更差了！"

"不，不，比起其他县，我们县的教学质量还是不错的，所以全省唯一一名全国优秀教师的指标也给了我们。"

"不管怎样，我认为我们学生的水平实在太差了，几乎跟'文化大革命'时期的学生差不多。所以我们目前的任务不是什么竞争优秀教师，而是要想办法提高教学质量。校长，您说呢？"

"……"

54

我的父亲萨培始终没有写推荐校长为全国优秀教师的材料，对此校长虽然表面上满不在乎，暗地里却让教导主任给他加了很多课程，增加他的负担。我的父亲萨培认为自己当老师理所当然要给学生多教一点知识，所以没有说什么。可是繁重的教学任务使找的父亲萨培的体力渐渐吃不消，不仅消瘦了许多，而且经常感到头晕，终于有一天晕倒在讲台上送进了医院。毫无疑问，在医院里我的父亲萨培想起了多年前这里曾经有过一位不敢直视他的脸、后来又像人间蒸发似的突然不见了的可爱的小护士。她是哪里的人？她现在是否还在人间？她为什么个敢直视我的脸？她为什么突然离开这里？也许她是某个医校的学生到这里来实习，实习结束了自然也离开了这里。我的父亲萨培浮想联翩的时候，一个小护士拿着吊针进来了。她让我的父亲萨培惊愕不已，并怀疑自己是否产生幻觉，因为这个小护士跟多年前的那个小护士简直就是一个模子里刻出来似的，而且她也不敢直视他的脸，这到底是怎么回事？

当我的父亲萨培缓过神来的时候发现吊针已经打上了，那个小护士早已不见了。他再次陷入疑惑之中，当那个小护士又回来的时候他也再次缓过神来，注意到那个小护士也不敢直视他的脸，微微低头将体温表递给他。他从她的手中接过体温表的时候仔细地扫了一下她的脸，才发现她虽然很可爱，但跟多年前的那个小护士还是有区别的。最明显的区别在于眼前这个小护士的皮肤没有以前那个小护士白嫩，同时也产生这个人似曾在哪里见过的感觉。

"她为什么跟多年前的那个小护士如此相像，她为什么也不敢直视我的脸呢？"我的父亲萨培再次陷入疑惑之中的时候，我的父亲当增来到病房。就在这时候那个小护士又来到我的父亲萨培的病床前，低着头把手伸过来要体温表。当她出去后我的父亲萨培自言自语说："我好像在哪里见过她。"

"大智若愚。"我的父亲当增说了这个汉语成语后又用藏语说："她不就是我们上初中的时候，有个像你一样经常穿着皮袄的那个姑娘吗？"

我的父亲萨培才显得如梦初醒的样子说："啊啧啊啧，对呀，看我这脑子。"说着轻轻拍打自己的脑袋。

"你们学校怎么可以让你担任这么多课程，岂有此理，你不是很有个性吗？现在怎么啦？"

"没关系，我当老师就是为了给学生多教点知识。"

"什么事情都有个底线，如果超出这个底线就会适得其反。看到了吧？现在不要说多教一点，就连少教一点的力气都没了不是？我看你一定做了或说了让校长不痛快的事情……"我的父亲当增说了一大堆，说得嘴巴都干了。可是我的父亲萨培的脑子里全是那个小护士，她虽然不能说是个大美人，可是在她身上找出缺点也没有那么容易。他越来越觉得这个小护士有点意思，于是突然坐起来问我的父亲当增："你不觉得这个小护士很可爱吗？"

"还行吧。"

"什么叫'还行'？"

"你这该死的'凹眼'！老实告诉我，你是不是把校长给得罪啦？"

"唉——没有什么大不了的，他叫我写一份关于推荐他评选为全国优秀教师的材料，我没写，他肯定为这事不高兴。可他也只能让我多担一些课程，而这正合我意。"

就在这个时候那个小护士再次来到病房，我的父亲当增这才仔细端详她一遍，脑子里形成了"还真不错"这个结论。

当我的父亲萨培病愈或者说身体恢复出院的时候，他和那个小护士已经比较熟悉了。他壮着胆子问她："晚上我可以去找你吗？”

她不说话，低着头帮我的父亲萨培收拾东西。

“你的房子在哪儿？”

她仍然低头不说话。我的父亲萨培想再次追问的时候她突然低声说："医院家属院第二排房子东边的第一间。"

"知道了，晚上十一点半我这样敲门。"我的父亲萨培在桌子上"哒哒——哒，哒哒——哒"地敲了几遍。

55

我的父亲萨培在讲台上晕倒后学生们用铁皮垃圾车把他送到医院，当他出院的时候我的父亲当增用全县仅有的四辆"北京"牌吉普车中的一辆把他送到学校。这是我的父亲萨培第一次坐小汽车，也是这所学校里第一次开进来的小汽车，全体师生不免有些惊奇。

"我的兄弟从小体弱多病，据说他现在超负荷地工作，医生说需要好好休息，所以恳请校长多多关照。"我的父亲当增将我的父亲萨培送到房间后，驱车来到只有五十步距离的校长办公室门前，车也不下就说了以上的话之后，没等校长的回答就示意司机回去了。

站在门口的校长花费十天时间进行深入细致地调查后，仅仅了解到我的父亲萨培和我的父亲当增只是同村人和多年的同学而已，没有发现他们有我的父亲当增所说的"兄弟"关系。但是校长意识到关系这种东西无处不在，虽然我的父亲当增的父亲先巴已经退到二线上去了，但还是小心为好。于是取掉了我的父亲萨培所承担的大部分课程。

晌午之后几乎天天刮风是泽雄草原春天的特点，沙尘让人无法睁开眼睛和张开嘴唇，有时候用"飞沙走石"来形容泽雄县的风沙天气也并不过分。在这个季节，全校师生的主要食物就是年前秋冬时宰杀后悬挂在食堂库房的大梁上，现在处在不干不湿、有点腐味的一具具羊胴体和年前从农区买来后存放在地窖中、现在从各个部位正在长出嫩芽的洋芋。厨师们将羊肉和洋芋切成块，放上调料放入大锅中煮熟后，你就可以一手抓馒头，一手抓筷子或直接用手抓起羊肉和洋芋大口大口地吃。这是我的两个父亲最喜爱的食谱之一，所以我的父亲当增隔三差五地来到我的父亲萨培跟前做食客。而像郭晶这样从城市或农区来的老师们不要说吃，一闻到腐肉味就直想呕吐。更糟糕的是这里找不到一片菜叶，他们只好在自己的房间里天天吃面条或干米饭。这样他们的生活水平跟我的两个父亲上中高的时候好不了多少，但是为了那几十块钱的工资，有了"将来会好起来的"这样的信念，他们在任何地方都能生活和工作。

虽然我的父亲当增的父亲先巴家的条件比较优越，而且我的父亲当增的母亲现在已经来到县城定居。她对我的父亲萨培像亲生儿子一样疼爱，但我的父亲萨培觉得去我的父亲当增家里总有一种拘束感，所以我的父亲当增到我的父亲萨培的房子里来的次数总比我的父亲萨培去我的父亲当增家里的次数多得多。

午饭后，我的父亲当增来到我的父亲萨培的房子里复习考研究生的有关资料，而我的父亲萨培在备课和批改学生作业。

风刮得越大炉子里的火着得越旺，一会儿工夫一簸箕羊粪燃烧殆尽，我的父亲萨培一次又一次地往炉子里加羊粪。

我的父亲当增把书放在桌子上，点燃一支烟说："我看你还是应该考研究生，毕业后想办法留在城里才对。"

我的父亲萨培说："这么说你毕业后就不打算回来啦？"

"老实说能留在城里就不回来了。"

"其实我也想读研究生，可是……唉——我再也不忍心让我的爸爸妈妈继续养活我。"

"可是你想一想，比起像马洛加这样的人，你在经济方面还有什么困难呢？"

"这可不是有没有经济困难的问题，当我第一次站在学生面前的时候就想起我们的童年，也深深地意识到人生有多么的短暂。"

"正因为人生短暂，所以我们不应该在这偏僻的地方度过一生啊。"

我的父亲萨培也点燃一支烟，用根顿群培按照藏文字母的顺序为每一行的头一个字母创作的一首诗中的一颂来回答我的父亲当增，其大意如下：

如同来到羊圈狗窝

处处没有舒适可言

血肉之躯还未消失

只能活在人世之间

我的父亲当增不以为然地说："你这种情绪也太悲观了吧？"

56

泽曲河面上的冰还没有消融，泽雄草原上的风沙还没有停止，我的父亲萨培从办公室到教室的短暂时间里，那中午洗得干干净净，梳得整整齐齐的长发被风吹得纷乱不堪且沾满了尘土。这使他不免有些沮丧。就在这个时候，我的父亲当增所在的那个学校里春意盎然，到处绽放着绚丽多彩的花朵，丁香花的香味扑鼻而来，使人心旷神怡。这世界说大也很大，我的父亲萨培再也没有见过他的同学亘桑拉姆和他的情人巴桑卓玛；这世界说小也很小，我的两个父亲的大学同学马洛加考上了研究生，成了我的父亲当增的同班同宿舍的同学。

在这所学校的医学系的大二学生中，有个叫阿措姆的穿着时髦无可挑剔的女生，人称"校花"。阿措姆和马洛加是同乡，在一次老乡聚会上她有点喝多了，直截了当地问马洛加："经常和你在一起的那个帅哥是哪里的？"

"是南部牧区的。"

"是个牧民？"

"是的，他的爸爸是个县级干部。"

"难怪他穿着那么讲究，条件不错吧？"

"的确不错，他不但人长得帅气，脑子也很聪明，还经常发表文学作品，我们也是大学同学。"

"他是否有对象？"

"好像还没有。"

"既然如此，他应该属于我。"

"嘿嘿，你不是在说醉话吧？"

"不，你告诉他'校花'要见他。"

"真的？"

"真的，告诉他明天下午一点钟我在东门口等他。"

假设马洛加是我的父亲萨培的话，我的父亲当增和他一定会早就把那个"校花"不止一次地评头论足，甚至会天天提起她。可是马洛加和我的父亲当增之间从来就没有这种话题，所以当马洛加说："那个人称'校花'的医学系女生，说要见你"的时候，我的父亲当增有点惊讶："真的？你怎么认识她的？"

马洛加说："我们是老乡，但是她在城市里出生长大的。我知道她爸爸是个高官，可是从来没有跟她说过话。今天我们老乡聚会，她主动跟我打招呼，还打听你的情况，让我转告你明天下午一点钟她在学校东门口等你。我问她是不是喝多了说醉话，她说不是，看样子是认真的。"

第二天早上，马洛加在收发室里看到我的父亲当增有一封挂号信，就拿来交给他。这是我的父亲萨培寄来的，信里还夹着一张小孩的黑白照片，说他已经和医院的那个小护士结婚，并生了一个男孩。这个照片是孩子出生一百天那天照的，也就是所谓的"百岁"照。

我的父亲当增点燃一支烟，皱着眉头一边仔细端详那张照片，一边心里计算着什么。

"怎么啦？是不是家里有什么事情？"马洛加问道。

"啊？不是不是，是我们的同学萨培结婚了。"我的父亲当增将信件和照片装回信封。

"你是否打算去见校花？"马洛加似乎根本不认识"萨培"这个人似地问我的父亲当增。

"去呀，人家主动约我，我为什么不去？"

"噢。"马洛加低着头，驼着背出去了。

我的父亲当增又把那张照片取出来仔细端详很长时间后，给我的父亲萨培回了一封衷心祝愿他们新婚快乐、白头偕老、扎西德勒这类的信。离下午一点钟还有一段时间，我的父亲当增又点燃一支烟，躺在床上仍然看着那照片。

那照片上的小男孩就是我。

57

开始的时候，我的父亲当增还认为阿措姆可能喝多了或者拿他开心，没有太在意。但是有一种越来越强大的力量还是把他吸引到东门口，没想到校花阿措姆光彩照人地站在门口等他。她像见到一个老朋友似的主动大方地向他打招呼并握手，他感觉到从未握过如此纤细修长的手。于是我的父亲当增将她带到一家餐馆，这是整个城市最有名的手抓羊肉餐馆，他几乎每个星期都到这里来一趟。

阿措姆不但长得漂亮有气质，还说一口流利、标准、温柔、动听的普通话。她昂着头，盯着我的父亲当增的眼睛，开诚布公且含情脉脉地说她自从第一次见到他就喜欢上了他，后来她打听到他是研究生，且很有才华，就下决心一定要见个面，谈个话。

我的父亲当增说他很欣赏她的坦率和勇气，至于她的美貌那就更不用说了。其实全校男性师生没有一个不喜欢她的，如果谁说不喜欢她，那么他一定是个同性恋；如果谁说不想得到她，那么他一定是个虚伪的家伙，只是人们不像她那么有勇气说出来罢了。他还念了一首汉语古诗：

窈窕淑女，

寤寐求之。

求之不得，

寤寐思服。

其实让我的父亲当增更喜欢和陶醉的是阿措姆说的温柔、标准、动听的普通话。在这之前我的父亲当增一直认为自己说汉语还不错，可是现在在阿措姆面前才意识到自己的汉语发音很差，于是产生一种压力感。他有点吞吞吐吐地说："我是个牧民子弟，没有任何门路和关系，毕业后可能没有办法留在城市里，所以……"

阿措姆很有把握地说："这个不成问题。"

我的父亲当增突然很想抽烟，就在这个时候服务员端来了一盘羊肉和其他几道菜。

　　阿措姆仍然用让我的父亲当增陶醉的普通话说："你的研究方向是什么？"

　　"《格萨尔》。"

　　"那是什么？"

　　那是世界上最长的英雄史诗,和《荷马史诗》《江格尔史诗》《玛纳斯史诗》通称为世界四大史诗。而《格萨尔》是其中之首,比其他三个史诗加起来还要长。《格萨尔》中包涵了藏族的政治、经济、军事、文化等方方面面内容。"

　　"是吗？那么其中是否有医学？"

　　"当然有啊。"

　　"是否有外科手术？"

　　"外科手术？"

　　"我的专业是外科手术,我正在为撰写毕业论文搜集资料,比如西医还没有传播之前的中医外科手术的状况等。不知道藏医是否也有外科手术？"

　　"当然有啊,而且很早就有。你是否看过《四部医典》和桑杰嘉措的著作？我见过很多手术工具的图片。"

　　"你说的这些有汉译版吗？"

　　"这个我不太清楚。"

　　"你们在学英语吧？"

　　"学是学着一点,可是一没有基础,二没有环境,很难啊。"

"中学的时候认为学英语没有用处，也就没有去好好学习，现在最需要的就是英语；中学时候我最喜欢文学尤其是诗歌，现在最不需要的就是文学。"

"是吗？我也喜欢文学，在大学的时候还写了不少诗歌，如果将来有条件的话我还想出个诗集。"

"这个我听马洛加说了，民族出版社的社长是我爸的同学，你把稿子交给我吧，我让他给你出版。"

"真的？"

"当然。"

"这太好了。"

"嘿嘿，草原上有很多蘑菇是吧？"

"夏天有。"

"还有很多野菜，河里有很多鱼是吧？"

我的父亲当增突然想起他高中时候的汉文老师戴丽莲，同时也注意到阿措姆除了吃一点素菜、喝一点啤酒以外，一点肉都没吃。

我的父亲当增和阿措姆去公园散步聊天。当我的父亲当增试探性地搂住阿措姆的时候，她不但没有拒绝，反而依偎在他的怀里。我的父亲当增体内荷尔蒙顿时分泌旺盛，他亲吻她的额头、她的嘴唇、她的耳朵、她的颈部……

阿措姆一边信誓旦旦地说自己从来没有跟一个男人这样亲

热过，一边表示愿意将自己的一切交给我的父亲当增。

天黑之后，我的父亲当增再也抑制不住，他把她带到自己宿舍，打算不顾脸面地叫马洛加出去一会儿。感谢上帝！平时除了宿舍和教室之外无处可去的马洛加正好不在宿舍。

58

从马洛加说阿措姆要见我的父亲当增到现在还不到二十四小时，回想起来这一切快得像一场梦，而且是一场妙不可言的甜蜜的梦，我的父亲当增很想永远沉浸在这个梦中。在阿措姆的帮助下，我的父亲当增的诗集出版发行，还得到了稿费，这使他不得不认真对待和阿措姆的关系。他意识到如果和阿措姆在一起不但可以享受甜蜜的爱情，还可以办成许多不可想象的事情，何乐而不为呢？同时，他也意识到他和阿措姆的生活习惯和人生观、价值观都有着很大的差异，几乎不可能在一起生活。有一次他很委婉地向阿措姆表达了自己的想法。

阿措姆斜依在我的父亲当增的怀里不以为然地说："是的，我也注意到了，这个我们得慢慢适应对方，慢慢改变各自不好的习惯。"

我的父亲当增抚摸着阿措姆纤细修长的手说："唉——从小形成的习惯和观念是很难改变的，也没有必要改变。"

　　阿措姆突然转过头盯着我的父亲当增的眼睛说："你的意思是不是我们该分手了？"

　　我的父亲当增看着阿措姆无可挑剔的脸蛋，实在不想失去她，他说："唉——看来我们已经无法分手了。"

　　"这就对了。"阿措姆依旧依偎在我的父亲当增的怀里说："我把我的一切都给了你，你说要分手，我一定会自杀的，我说到做到。"

　　"那么你的父母会同意吗？"

　　"这是我们俩的事，跟他们有什么关系。"

　　"说什么呀，当然跟他们有关系，你不是他们的女儿吗？没有他们，你从哪里来？"

　　"他们寻欢作乐的时候想到过我吗？我只不过把母亲的子宫借用一段时间而已。"

　　"什么？"我的父亲当增惊愕得长时间说不出话来。他轻轻地将阿措姆推到一边，点燃一支香烟，心里想："三宝啊，世上还有这样的人，再也不可能跟这样的人在一起生活。"

　　"你是否在暗示你的父母不一定同意我们的事情？"

　　"不，我的父母再也不管我的事情。"

　　"为什么？你跟他们闹翻了？"

　　"也不是，我的父亲反对过我上高中，反对过我上大学，反对过我上研究生，最后他说再也不管我的事了。"

"他为什么这么做？"

"他想早点儿让我有个一官半职。"

"难道他就不知道学历越高官做得越大吗？"

"恐怕不知道。"我的父亲当增的脑子里全是"借用子宫"的事情。

"这是什么？"阿措姆指着挂在床头的我的父亲当增去上研究生的时候，我的父亲萨培送给他的打狗棒。

"这个嘛，在城里白天用来打人的，在牧区晚上用来打狗的。"

"你用这个打过人吗？"

"我没有，但是我一个朋友打过，这是他送给我的。"

"那么为什么晚上用来打狗？"

"因为牧区的男人们晚上去找女人……"

"这么说你去找过女人？"

"我没有。"

"你一定有，一定有，你这个坏蛋……"阿措姆撒娇地抱住我的父亲当增，并把他压倒床上，她身上散发着诱人的青春气息，富有弹性的双乳紧帖着他的胸部。他抚摸着她的腰部、臀部……刹那间，荷尔蒙分泌旺盛。我的父亲当增的脑子里叫人万分惊愕的"借用子宫"一事无影无踪，他们迫不及待地解开对方的衣扣。

就在这个时候，马洛加进来了。他明知道自己来的不是时候，但还是装着若无其事的样子说："今天外面很热。"就躺在床上，拿起一本杂志扇来扇去。

阿措姆与其说是尴尬不如说是气愤地嘀咕一句，那肯定是在说"乡巴佬！"因为她在背后经常这样说马洛加。她更是毫不掩饰地"啪"的一声狠狠甩门就走了。我的父亲当增不知所措地说了一声"外面有那么热？"就出去了，他体内的荷尔蒙还在加倍分泌，而且觉得比以往任何时候更是变本加厉。遗憾的是阿措姆不见踪影，更遗憾的是他不知道阿措姆的宿舍在哪里，他漫无目的地在花园里游荡。今天确实有点热，花园里没有几个人，平时喜欢在树荫下纳凉的那些人都不见了。

"该死的驼背！该死的乡巴佬！他肯定是在吃醋，难怪凹眼不喜欢他，如果和'凹眼'在一起该有多好啊。"找的父亲当增回到宿舍里，拿出我的"百岁"照片在端详。

59

几十年来没有任何变化的泽雄县城到处修建私人住宅和办公、商业用房，呈现出热火朝天的景象。以往只有十字形马路将县城分为四大块的情景，现在大街小巷纵横交错，远处望去，像一块蹩脚的手绘围棋盘，而且日益扩展。与此同时，地上的活人和地下的死人——县民族中学背后的坟头——也在日益增多。

今天是我的父亲当增的父亲先巴家新宅落成之日，我的父亲萨培应邀参加庆典，也就是说搭上几十块的礼钱后不要命地吃喝唱歌。自从我的父亲萨培没有听从我的父亲当增的父亲先巴的劝告去上大学，尤其没有听从先巴的劝告而去当教师后，先巴对他非常失望，总是爱理不理的样子。所以我的父亲萨培去他们家的次数越来越少，自从我的父亲当增去上研究生之后几乎一次都没有去过。与此相反的是"尿袋"贡布说他爱人调动工作的时候，我的父亲当增的父亲先巴帮了大忙，因而他总是表现出感恩戴德的样子，逢年过节肯定第一个到来，需要出力气活的时候随叫随到。我的父亲当增的父亲先巴称赞贡布是个懂事的小伙子，不久前贡布已被提任为县文化教育局局长。今天贡布两口子就在这里忙里忙外，招待客人。

我的父亲萨培到我的父亲当增的父亲先巴家的时候比较迟了，贡布似乎也已经喝多了。"你这个该下地狱的'凹眼'，我还以为你死了呢，怎么才来？"贡布将手搭在我的父亲萨培的肩膀上把他领到一间空房子里说："这几天我也正想找你，你就调到文教局吧，然后我提见你为副局长。"

我的父亲萨培知道贡布所说的汉语"提见"就是"推荐"，他说："你这个'尿袋'喝多了吧？你知道我不想调动，也不想当什么副局长。"

"啊呀，我们之间有什么不好开口的。其实我不懂汉语汉文，我懂的那一点藏文现在根本没有用武之地，所以我们两个在一起实际上也是互惠互利。"

"我真的不想调动。"

"唉——那我就提见你为副校长，对！你们学校有牧场，所以实际上比文教局还有油水。"

"我真的不想当什么领导，我的学生们现在学得很好，我要继续教学。"

"'凸眼'也给我说过要照顾你，也许他跟他的爸爸也说过……"

"那你就更应该让我继续教学呀。"

"啊哈哈，这个该下地狱的'凹眼'怎么这么固执，俗话说'愚蠢的人错了也就是一卡，而聪明的人错了就是一庹。'好好想想吧，我可不是不想照顾你。"

就在这个时候我的两个父亲萨培和当增的父亲在另一间房子里正在谈论他俩，"现在的这些年轻人真没办法，当增没完没了地上学念书，不过他还是会考虑自己的前途，在学校的时候他就已经入党了。而萨培叫他当干部，他非要当个教书的不可！真是想扶也扶不起来啊。"我的父亲当增的父亲先巴诉苦道。

我的父亲萨培的父亲说："萨培从小体弱多病，我担心的是他的身体，至于当干部还是教书都无所谓。我听说当增要跟一个汉族姑娘结婚，是吧？"

"那姑娘不是汉族，也是藏族，只是不懂藏语，她还是个高干的女儿。"

看来他们的谈话不太投机，于是我的父亲当增的父亲先巴将话题转向他的新宅。这是我们在青藏高原常见的那种没有任何特色的五间砖木结构的两流水瓦房，是我的父亲当增的父亲先巴用一年的时间作计划，用一年的时间准备材料，再用一年的时间施工后才建成的。为了这五间房子，他通过县内外的所有关系以最低的价格购置材料，借用各个单位的卡车运输材料；为了这五间房子他花费的体力和脑力比三十多年来花在公务上的精力还要多。所以他显得突然老了许多，但是话又说回来，这五间房子是他一生中最有价值和最值得炫耀的作品，因此他的脸上露出得意的表情，别人脸上也露出羡慕的表情。可是没有过多久，很多人家盖起了比我的父亲当增的父亲先巴家的房子气派几倍的房子，就连贡布这样刚刚走上领导岗位的后起之秀盖的房子也让先巴的房子大为逊色。就在这时候我的父亲当增的父亲先巴已经到了退休的年龄，退休后他开始更加疯狂地拉帮结派，对全县的政治、经济、文化、宗教等各个领域进行插手，使各级领导干部，特别像贡布这样被他"扶起来"的人左右为难。慢慢地人们烦透了他，越来越不听他的使唤，不到两年时间，他的"茶"彻底凉了，他的内心充满了矛盾和苦闷。

他非常想念毛主席及其那个时代的同时拿起佛珠念经拜佛。再后来他开了一爿小饭馆，整天坐在门口，将路过的熟人连哄带骗，强拉硬拽带进去就餐。说什么他这是省部级干部专用面粉，是他以前的一个老同事、现在的一个省级领导给他捎过来的，一般的干部群众再有钱也吃不到；还说这面是很多冬虫夏草熬出来的汤里下的，吃了就能延年益寿，所以价格肯定也不菲；但是念在他们多年的交情上只收半价，也就是比一碗面高出五倍的价钱。那位倒霉蛋从此再也不敢经过他的饭馆门前。草原上立刻传遍了"先巴已经发疯了"、"某某人贪婪得像先巴一样。"的话题。

60

我的父亲当增是"文化大革命"后的首批藏文硕士研究生，也是他们当中最年轻、最帅气、唯一出版过诗集的人。他在众人羡慕的目光和阿措姆温柔动听的普通话以及无数次荷尔蒙分泌中度过了快乐的时光后，又转眼间到了撰写毕业论文的时候。

撰写一篇四五万字的论文对找的父亲当增而言像喝瓶啤酒那样实在是容易得不能再容易的事情。他将《格萨尔》中一大段一大段的文字抄下来，然后说"从中可以看出当时的藏族军事实力处于世界领先水平"。"从中可以看出当时藏族王公贵族的生活有多么奢侈。""从中可以看出当时藏族医学外科手术技术处于世界领先水平。""从中可以看出当时藏族歌舞表演艺术处于世界顶级水平。"……。谁也说不出一个"不"字或"值得怀疑"这类反驳的话,他顺利地拿到了毕业证书和学位证书。与我的父亲当增相比,马洛加需要花费较多的时间和精力,因为虽说他是藏文研究生,但是他至今写不出一段比较通顺的藏文,只好先用汉文引经据典地写了文成公主带着先进的思想和技术进藏后对藏族的政治、经济、文化等各个领域进行大刀阔斧地创新和改革,使千百年来几乎处于原始状态的藏族社会跨越式地进入了奴隶社会。然后一字一词地查找词典译成藏文,再让我的父亲当增对错字别字、语法、病句等进行修改,而对思想内容不能丝毫的改动。对我的父亲当增来讲与其对别人的蹩脚文章进行修改,还不如自己重新写一篇,加之看完马洛加的论文后感到非常气愤,他说:"假如我们的同学萨培看到你的这篇文章,立马会用它来擦屁股的!"

马洛加只好请一个本科生对错字别字、语法、病句进行修改后提交上去,也顺利地拿到了毕业证书和学位证书。

我的父亲当增看着马洛加越想越气,他后悔他和我的父亲萨培多年来对马洛加给予生活上的帮助。他突然想念起我的父亲萨培,自言自语道:"如果这个时候'凹眼'在,他一定会给这个'驼背'脸上一拳的,这个'驼背'真不是个东西。"又想:

"马洛加仅仅吃干馒头，吃尽了苦头，学习又勤奋，值得敬佩。人都是一样的，他终于拿到了毕业证书和学位证书，值得替他高兴。"于是心情也平静下来。

阿措姆给我的父亲当增带来了一个好消息，那就是她一毕业就可以去省人民医院工作。我的父亲当增一毕业就可以留校任教，过一段时间再调入其他好一点的单位。

"太好了，这么说你的父母已经同意我们的婚事啰？"

"我早就说过他们不得不同意。"

"那么马洛加的事情怎么样啦？"

"如果他肯花点钱，也有望留在这座城市里。"

"他哪里有钱，这你是知道的呀。"

"那就没有办法。"

"你一定有办法，或者说你的爸爸一定有办法。你想一想，如果不是马洛加，我们两个能走到一起吗？"

"那个乡巴佬只不过传了个话而已。如果没有他，我也照样会让别人给你捎话过去，甚至会亲自去找你。哼！难道你忘了？我到你们宿舍的时候那乡巴佬也不回避一下，什么人嘛！也许他在吃醋呢，有意装傻不出去。"

"再怎么说你们也是老乡，所以……"

"老乡多的是，你都能帮忙吗？所以一句话：想留在城市就必须花点钱。"

"多少钱？"

"这我也不太清楚，大概一两千吧，这个还是看在你们是同学、我们是老乡份上的。"

我的父亲当增不敢将这个数目告诉马洛加。然而天无绝人之路，马洛加通过其他途径留在了这座城市里，而且看起来比我的父亲当增的工作还要好。

61

"今天下午你去哪儿了？"校长把我的父亲萨培叫到办公室问道。

"我去街上的网吧找几个学生。"我的父亲萨培回答道。

"每个周六下午是全体教师学习的时间，你难道忘了吗？你有好多次没有参加学习，这不仅仅是学习政治，还要学习有关教育方面的文件，还要讨论和决定、宣布学校里的大小事情，所以往后一定要参加。"

我的父亲萨培没有吭声，他现在除了对学生以外，其他人问什么答什么，很少说话聊天。

校长看到我的父亲萨培不言不语丢魂失魄的样子说："我看你应该去找医生看看或者请一位活佛算个卦。"

我的父亲萨培仍然不说话，校长觉得没有意思，挥手示意让他回去。

"去找医生？请活佛算卦？患有斯德哥尔摩综合症的是你们而不是我，你们应该去找医生看看，真是莫名奇妙。"我的父亲萨培自言自语地回到办公室，越想越觉得奇怪。几天后，我的父亲萨培遇到了一件更让他感到奇怪的事情：他中午回家后看到他的父母和家人以及一个不僧不俗、不黄不红的人在我们家里。我们家内间的两面墙本来就堆满了书籍，一下子来了这么多人，让人觉得屋子突然窄小了许多。

我的父亲萨培觉得那个不僧不俗、不黄不红的人似曾在哪里见过，只是一下子想不起来。

这段时间，我的父亲萨培正在撰写一部关于探索藏族文化教育的专著，根本没有心思问及家人为什么带这么一个人过来。但是那个不僧不俗、不黄不红的人将盛满冷水的一口盆子放在我的父亲萨培的面前，手指不停地沾着水用酥油做了羊模样的东西，把它放在水中，使劲转动几下盆中的冷水，那个羊模样的东西在水面上旋转着。

我的父亲萨培感到有些奇怪，问："你们这是在做什么？"但谁也没有回答。

就在这个时候那个不僧不俗、不黄不红的人高声念道：

魂魄及明点

聚于灵光间

举诚来呼招

如祈现续断

神智与寿命

荣光且圆满

与此同时，我的父亲萨培的父母和家人异口同声地喊道：
"咯——萨培啊，你不要走，要回来呀！你的双亲在这里，你的
妻儿在这里，你的弟妹在这里，你的家园在这里，你的财产在
这里，你不要走，要回来呀！"

"你们这是在干什么？"我的父亲萨培站起来再次厉声问
道，可是仍然没人回答他。

这个时候在盆中旋转的酥油羊正好面对我的父亲萨培停了
下来。那个不僧不俗、不黄不红的人问道："萨培，你还认识我
吗？"

"我好像在哪儿见过你……"

"你刚到学校，和当增一起打我，把我赶出了学校，你还
记得吗？"

"噢，对对，想起来了，你不是萨智吗？你们这是在干什
么？"

"看看，魂已经召回来了，你们可以放心啦。"萨智没有回

答我的父亲萨培的话，从我的母亲手里拿了钱就走了。

我的父亲萨培知道原来萨智是他的家人请来给他"召魂"后，认为自己受到了奇耻大辱，大发雷霆说："你们这是干什么？为什么这样侮辱我？"但是谁也不理他，只是人人高兴地说："现在好多了，这下好了。"弄得他不知所措。

当其他的家人走后，我的父亲萨培开始不断地盘问我的母亲。我的母亲这才说："你整天看书写字之外不跟别人说话，只是自言自语，也不顾家里的事情，所以大家都说你的魂被弄丢了……"

"什么？'不顾家里的事情'？哈哈，笑话！你到底有没有良心？我腋下夹着儿子去上课，把他拉扯大，你还说我不顾家里事情，这太不公平了吧？"

"那是十多年前的事情，现在人人都走后门争取职务、职称或者经商致富，可你……"

"够了！我早就给你说过我不走歪门邪道，做人要有原则的，难道你食不果腹了吗？衣不遮体了吗？这么说你也相信什么丢魂召魂的鬼话啦？我的家人讲迷信我可以理解，可你是受过教育的人，也是从事科技工作的人，我真为你害臊！我经常说信仰和迷信有着天壤之别，难道你忘了吗？"

"可……可是你们的校长也说你的魂被弄丢了，很多人都这么说你。"

"天大的笑话，这些人真是没事干了，现在你满意了吧？"

"人们还说你经常到学校后面的墓地里去跟那些鬼魂说话……"

"哪里有什么鬼魂？谁见过所谓的'鬼魂'？你见过吗？"

"我……我没有。其实我……我也告诉爸爸你很正常。可是他们请仲仓活佛算卦，仲仓活佛说你的魂被弄丢了，必须举行召魂仪式，还说这事不能让你知道，他们也是为你好。所以……"

"啊啧啊啧，你给我听好了，以后发生类似的事情，我绝不会轻饶你！"

这是我在上中学的时候发生的事情，多少年过去了，还历历在目，也许是因为我的父亲萨培第一次这样大发雷霆，第一次这样教训我的母亲的缘故吧。

62

好与坏、美与丑、大与小、快与慢等……都是相对而言的。相对于固守中学教员职位、默默无闻的我的父亲萨培，我的父亲当增很快拿到了教授的职称和系主任的职位，后来还提任某学术机构的二把手。他从不缺席凡是跟藏文化有关的国内外大小会议。他的发言虽然没有独到见解，但很有分寸，且很会看场合，也会引经据典，乍一看底子很厚。比如说参加一个继承和弘扬民族传统文化为主题的活动，他就会说藏族传统文化博大精深，目前在世界各地学习和研究藏族传统文化的人越来越多，我们更应该继承和弘扬。如果是自由诗为主题的论坛，他就会说自由诗是藏族文学史上史无前例的一大创新，没有创新就没有进步，我们应当全方位地接受先进的文化，等等。我的父亲当增的妻子阿措姆也拿到了主任医师的职称和科室主任的职务，据说是离副院长位置最接近的人。她有名副其实的妙手回春本领，做起手术来胆子大，下刀快，位置准，无人可比，因此高官和富商常请她做手术，其他医院也邀请她。院长经常长时间地抚摸着阿措姆纤细修长的手说："这双手天生就是做手术的料，别人技术再高也没有这种先天条件。阿主任真是才貌双全，年轻有为啊。"

有一次阿措姆气乎乎地回到家里说："连个红包都不给，谁给你做那么大的手术。哼！这个守财奴，现在你就拿着钱等死吧。"

我的父亲当增睁着大眼睛问阿措姆发生了什么事情。

"有个病人需要做大手术，看样子他们很有钱，可那个守财奴连一百块钱的红包都不给，所以我们把他排到后面，我还会将其排到后面，直到他想通为止，到那个时候可能也晚了。"

我的父亲当增不敢相信自己的耳朵，那双大眼睛几乎蹦出来似地看着阿措姆的脸。

阿措姆依然气愤地说："他们傻呀，现在不花点钱谁给你好好治疗。"

我的父亲当增想起阿措姆参加工作不久的一天，她伤心地说有个交不起医疗费的病人在医院里眼睁睁地让他死了，就问她是否还记得此事。阿措姆说："当然记得，现在回想起来当时我有多傻。"

"当时我以为你是个心地善良的人。"

阿措姆立刻领会了我的父亲当增的意思，冷笑一下说："是啊，大概也就是那个时候，有个学生没有考及格，提着两瓶酒来跟你求情，你说只有把东西拿回去，才可以考虑发毕业证。当时我也想你是个多么廉洁的人。但是现在评职称的时候，谁给你的钱多，你就把高分打给谁。我说得没错吧？"

"可你这是犯罪行为。"

"难道受贿就不是犯罪行为吗？"阿措姆开始嚷嚷了。

"你这是明目张胆的杀人呀！"我的父亲当增的声音也越来越大。

"你闭嘴吧，用不着你来教训我！"阿措姆站起来跺脚。

就这样，我的父亲当增和阿措姆吵架的次数越来越多，也越来越凶。我的父亲当增再也听不到阿措姆含情脉脉的话语，更让他惊愕不已和彻底失望的是阿措姆在分娩的时候，当着家人的面，像屠刀下的猪似地嚎啕嘶喊："妈呀——该死的当增，你把我害得好惨呀，我一定要割掉你那玩意儿！我以后再也不干了！哇——该死的当增，你这畜生……"还谴责她的双亲给了她女儿身。

63

人们围着一个不僧不俗、不黄不红的人请他算卦。我的父亲萨培立刻想起"厚嘴"萨智的同时，想起前些日子自己被他"侮辱"的一幕，走过去一看，果然是"厚嘴"萨智。他盘腿坐在一块海绵垫子上，双手不停地拨弄一串颗粒粗大的褐色佛珠，紧闭双目，念念有词，然后睁开眼睛给一个中年妇女讲述怎样才能找到她失踪的女儿。

我的父亲萨培正在思考怎样把"厚嘴"萨智戏弄一番的时候，有人从背后拍了一下他的肩膀，回头一看，是他以前的同学久美多吉，即现在的久美嘉措。他们俩大约一年左右没有见面，现在突然一见，彼此心里有些热乎乎的，从人群中退到一边寒暄几句，然后米到我们家里。那一天家里只有我的父亲萨培一个人，他一边给久美嘉措烧奶茶，一边问他是否注意到刚才那个算卦的人。

"他不就是当年被你和当增吓跑的那个'厚嘴'萨智吗？"

"没有错。"

"他有时候也在拉卜楞寺周围给人算卦，说一些牛头不对马嘴的话骗取群众钱财。三宝明鉴，现在这样的人可不少啊。"

我的父亲萨培给客人倒碗奶茶，讲述了前些日子自己被"厚嘴"萨智"招魂"的故事。

久美嘉措像个孩童似的笑得前俯后仰，还开玩笑说这是报应。他现在是整个拉卜楞寺屈指可数的佛学大家，我的父亲萨培非常敬佩他，不在他面前抽烟喝酒。我的父亲萨培的父亲更是对久美嘉措敬重有加，这不仅是因为他是一位高僧大德，更是因为他的伯伯将我的父亲萨培的祖父的骨灰带回故里。据说当年久美嘉措的伯伯和我的父亲萨培的祖父在同一个劳改农场服刑，因为是同乡，自然成为患难之交。我的父亲萨培的祖父临终前请求久美嘉措的伯伯为他默诵一遍《解脱经》，久美嘉措的伯伯情绪激动，不顾身边的管教干部，为逝者大声念诵经文，为此给他加刑十年。其实十年也好，百年也罢，他根本就没有指望从这里活着出去，没想到有一天无缘无故地把他给释放了。他没有立刻回家，首先找了一大堆柴火，然后将我的父亲萨培的祖父的遗骸从地下挖出来一边诵经一边火化，之后又对骨灰进行净骨仪式后带回草原，交给我的父亲萨培的父亲。记得我的父亲萨培的父亲驮来几袋红土，又从别人家里借来无量光佛铜质模型，将自己父亲的骨灰和在红土里，印造十万个佛像，日后拉卜楞寺开放后还要到那里去给僧众供饭和布施。

我的父亲萨培到外面去，不到五分钟的时间抽完了一支烟，回到久美嘉措身边，他有许多问题要向久美嘉措讨教，又不知道从哪儿开始。每次见面，他们有说不完的话题，分别后又发现许多关键的问题没有讨论。我的父亲萨培想起前些日子一位知名科学家和一位高僧探讨关于是否存在灵魂的一篇文章，其中有一些问题非常深奥，他想今天必须向久美嘉措讨教一下。就在这个时候久美嘉措问起我的父亲当增最近的情况。

我的父亲萨培简要地介绍了我的父亲当增的情况后，他也问起他们的同学桑华即现在的桑华嘉措的情况。

"桑华嘉措师兄近来身体欠佳，就在县医院住院，我今天也是来看望他的。"

"他得了什么病？"

"糖尿病。"

"哎哟，这个虽然不是什么要命的病，但也绝对不是个可爱的病。"

"难道这世上还有一种可爱的病？"

"好像真的没有。"

"你这人平时不爱说话，偶尔说几句就非常幽默。"

于是他们谈论生老病死、因果报应、生命轮回，等等。

我的父亲萨培认为人们生活节奏快如闪电，几乎人人都处在压力之下，紧张之中，且物欲横流，权欲熏心，尔虞我诈，毫无底线的当今社会，越来越多的国家元首和宗教领袖、专家学者的目光投向佛教。而佛教分为显宗和密宗，显宗效果较慢，密宗才能立竿见影地教化人的心灵。"所以就像一个病入膏肓的人要立刻做手术一样……也不是，怎么说呢……"他一时想不起一个恰当的比喻。

久美嘉措认为没有显宗先行的密宗，不但成不了佛，而且是比较危险的。

我的父亲萨培说如今迫在眉睫的问题不是怎样才能成佛，而是怎样才能不成魔。

久美嘉措只是温和地笑了笑。

我的父亲萨培知道自己有一定的佛学知识，但是在久美嘉措面前谈论佛学真可谓班门弄斧，就像"尿袋"贡布在自己面前谈论教育学一样。

久美嘉措说："我们先不说显宗密宗，也不说成佛成魔，要做到自净其意就够了。"

我的父亲萨培说："可问题是人们很难做到自净其意。"

"如果很容易做到自净其意的话，岂不都成佛了吗？"

"也是。"我的父亲萨培又出去抽了一支烟后回到屋里说："今天贱内不在家，我只会煮肉，我们吃肉呢？还是下饭馆？"

"还是下饭馆吧。"

"也好，顺便我也去看望一下桑华嘉措。"

久美嘉措站起来，走到我的父亲萨培的书柜前说："上次你给我推荐的《动物农场》不错，还有没有类似的小说？"

"正好奥威尔的《一九八四》也有藏译版，就在你跟前，拿去看看吧。"

"奥修的书有没有藏译版？"

"好像没有，至少我没有见过。你看汉译版不会有困难吧？"

"我想让桑华嘉措看一看。"

我的父亲萨培最后说："如果说地球上的整个人类是另外一个高度发达的人类或者说物种的游戏。你怎么看？"

久美嘉措还是温和地笑了笑，没有作任何回答。

64

今天，我的父亲萨培的班里又有两名学生要求转校至普通中学，也就是汉语中学，而其中一名正是贡布的女儿。为此我的父亲萨培去找贡布。

"唉——谁都知道你教书教得好，又关心学生，我也完全理解你的心情。可是你要知道民族感情不能当饭吃，孩子们毕业后不但要自己吃饭，还要养家糊口，可是藏文没有用武之地呀。我知道你有学问，可是社会实践你可不如我。"

"那么干脆把民族学校撤了不是更好吗？"我的父亲萨培说道。

贡布知道我的父亲萨培在说气话，他说："我们不说这些了，我有别的事情正想找你，这次你一定要帮我呀。"

我的父亲萨培不等贡布把话说完，抢先说出了憋在心里已久的意见："你知道吗？在普通中学，谁的家长给班主任塞的钱多，就让谁坐在前三排，老师只对前三排的学生提问题，认真批改作业。其他学生只是可以进教室听课，老师根本不在乎你的学习怎么样。"

"这种情况我也听说了，可是你忘了我是教育局长，我不但用不着巴结那些老师，反而那些老师们要巴结我。好了好了，我们不说这个，这次你……"

"这不是谁巴结谁的问题，也不是能不能养家糊口的问题，而是人性、道德……"

"我们不谈这个好吗？你到底帮不帮我？"

"什么事？"

"下一届我很有希望被提拔，麻烦的是我没血力（汉语：学历），所以要拿个汉数（汉语：函授）文凭。"

"我懂了，就是我当你的替考生是吧？现在很多人都这么做。"

"你知道就好。"

"唉——说心里话，我真的不愿意干这种事情，可是咱俩总算是老同学，我也欠了你不少情。唉——再说即使我不干，你也一定会找别人干的是吧？"

"那当然。"

"那好吧。"

"据说寒暑假期间要去省城听几天课，然后参加考试。到时候我给你派车，住好一点的宾馆，吃好一点的饭菜，别忘了要发票，如果需要拿现金，到我们财务室去提。"

"你女儿转校的事情再考虑考虑吧。"

"你入党的事情也再考虑考虑吧，如果你入了党，甚至有希望直接提任为校长。"

我的父亲萨培去省城的时候，他们的校长让他带去一篇论文和二百块钱，说一定要亲自交给某杂志的负责人。这篇论文是不久前我的父亲萨培为校长评职称而写的。校长说交上叫作"半面非"的三百块钱就可以刊登。

我的父亲萨培不知道"半面非"是什么东西，甚至不知道是哪种语言。他给报刊投稿不但不要交什么"半面非"，反而给他付点稿费，所以追问校长这到底是怎么回事。这位校长比他的前任正直憨厚，可是汉文比他的前任还要糟糕，越说越糊涂，最后无奈地说："反正要交给一个叫马主任的人就行了。"

"那个叫马主任的人你认识吗？"

"我不认识，是龙知老师给我这个人的姓名、地址和电话号码的，我给他打过电话，他说论文和三百块钱一起带过来就可以了。"

我的父亲萨培找到马主任的时候才发现这个人就是他的大学同学马洛加，而那个叫"半面非"的东西实际上叫"版面费"。

马洛加把钱和论文分别装进口袋和抽屉里说："那么你们要不要'优秀论文证书'？"

"那是什么东西？"

"这个你还不知道？如果这篇论文有了优秀论文证书，评职称的时候又能加几分，难道你们不是为了评职称吗？"

我的父亲萨培看着马洛加陷入沉思之中。

马洛加说："这可是好东西，到底要不要？"

我的父亲萨培说："噢，那就要吧。"

"再交三百块。"马洛加说，那样子好像有物价局明文规定似的。

我的父亲萨培掏出三百块钱。

马洛加把钱装进口袋后从抽屉里拿出一张空白奖状和刚才那篇论文，看着论文在空白奖状上填写了作者姓名和论文题目，盖了公章。

整个过程还不到半个小时，我的父亲萨培出来后眼前总是浮现《死魂灵》中的很多情节。

65

我的父亲萨培一见到我的父亲当增就情不自禁地大呼小叫道:"该下地狱的'凸眼',怎么这么胖了。"

"噢,萨培来啦?"我的父亲当增很有礼貌地站起来说。

不叫"凹眼"叫"萨培"使我的父亲萨培立刻感觉到他们两人之间的距离疏远了许多。我的父亲萨培平时看到那些小官员发胖就说是"傻胖",他暗自庆幸今天没有那样说出来,同时也有点后悔来找我的父亲当增。就在这个时候我的父亲当增看了一下手腕上的手表,拿起电话用汉语说:"今天我有个客人,你马上去安排一下。"

我的父亲萨培第一次进入如此豪华的餐馆,他睁大着那双小眼睛惊奇地摸摸这儿,看看那儿,流露出乡下人初次到大都市时的那种姿态。

我的父亲当增目前是省城某文化单位的领导。他说他的岳父健在的时候组织部说尽快会提任他为某个有实权的大单位的领导,可是他的岳父去世后再也没人提起这件事,他显得很沮丧。

"现在这个单位正好不就是你的专业吗?"

"什么狗屁专业,既没有权力,又没有油水。"据我的父亲当增讲,城市里竞争非常激烈,就是夫妻之间假如收入不相等,那么一切权力由收入高的一方掌控,而收入低的一方在家里没有任何地位，经常忍受冷嘲热讽。他和妻子工资高低差不多，但是她有很多补贴和年终奖金，还有源源不断的一些灰色收入，一些灰色这样一来她自然根本瞧不起他，没完没了地埋怨他，所以他必须想办法到一个有权力有油水的单位去，或者要争取更高的职务。据了解，主管文化艺术的省委副书记主要有个爱好，字画和古书。

"这么说我手里的《金瓶梅》对他再合适不过啰？"

"那是当然。"

"看起来你现在根本没有把我当朋友啰？"

"唉哟，这话从何说起呀？当然，随着年龄的增长，我们各自都忙着家庭和工作，再加上相距比较遥远，远没有我们小时候的来往频繁，但这并不意味着我们的友谊也疏远了，至少我是那么想的。"

"那么你为什么不跟我要走那套书呢？"

"那套书是你唯一有文化价值和经济价值的财产，再说你不说我还真没想到那套书呢。"

"那套书真的价值不菲，更重要的是那是巴桑卓玛留给我的唯一的念想，但是你知道我不是研究汉族文化的人，所以放在我那里一点价值都没有。我也曾经有过把它捐给一家图书馆或博物馆的念头，唉——现在你把它拿走吧。"

"如果这样的话那我就不客气了，至于价格嘛，你也千万不要客气。"

"看看，我说过你现在根本没有把我当朋友，我说得没有错吧？还说什么价格！唉——"

"嘿嘿，我不是这个意思，你的生活并不富裕，至少比我差一点，所以……"

"那么你为什么不叫我'凹眼'，而叫我萨培呢？"

"啊呀，现在我们都多少岁了？还叫小时候的绰号或昵称？喝酒喝酒。"

"那么你为什么不问问我的生活和工作情况？"

"嘿嘿，其实你的情况我了如指掌，贡布每次来我这里，我都问你的情况。我还每次给他说一定要力所能及地关心你照顾你，他说好几次推荐你当副校长，就是你自己不愿意，是不是这样？"

"这倒没错，他也给我说过你给他交代过我的事情。那个'尿袋'虽然是个官迷，可还是有点良心，哈哈，喝酒喝酒。"

"你就是这么固执。你想一想，如果你当校长，不是教好一个班，而是能提升整个学校的教学质量，你为什么不干呢？"

"不说这些啦，喝酒喝酒。"我的父亲萨培的那双小眼睛几乎成了一条直线，看起来真有点喝多了。

我的父亲当增也高兴地说："喝喝，我们兄弟俩难得一聚，今天一定要一醉方休，然后到一家五星级宾馆一起住一宿。"

"不不不，六星级宾馆我也不跟你一起住，哈哈哈……"

我的两个父亲又回忆起他们的童年、少年、青年时期的奇闻轶事，又说又笑，感慨万分，没有了距离，没有了彼此，似乎又回到了许多年以前。

我的父亲萨培说："你这个'凸眼'，凡是跟藏文化有关的国内外会议上都少不了你，难道你真的有那么大的学问？"

我的父亲当增说："唉——现如今你自己不抬举自己，谁来抬举你。在汉族人面前要装出一副对藏文化很有研究的样子，在藏族人面前要装出一副对汉文化很有研究的样子，在外国人面前要装出一副对藏汉文化很有研究的样子，在藏族人和汉族人面前要装出一副对西方文化很有研究的样子。只要有人邀请，你尽管去就是了，好好参观，好好吃饭，好好喝酒，说一些不伤害别人的话，也不要反驳别人的观点，特别要避免跟政治有关的敏感话题，要做到你好我好大家都好。这是一门学问，这就叫作技巧。"

66

这一年对贡布而言是他一生中最值得庆幸的一年。他自己没有出多少人力和财力就修建了比我的父亲当增的父亲先巴的宅院还要气派几倍的宅院；根本没有打开复习资料就拿到了在职本科学历；相对而言没有花很多钱就被当选为副县长。贡布说这一切都是因为党和政府的好政策，他常常哼着"天大地大，党的恩情更大……"等"文化大革命"时期的红色歌曲。他从小就喜欢看电影，尤其喜欢看中日战争的影片，而目前这种题材的电影和电视剧日益增多，且不必像以往那样买票忍受冷热去电影院，可以在自己家的电视机前一边喝着茶一边抽着烟观看，惨无人道的日本鬼子在中华大地上肆无忌惮地烧杀抢掠的时候，腐朽堕落的国民党政府不但不抗击日本帝国主义，而且处处跟共产党作对，抓捕、拷打、暗杀抗日英雄。只有英勇无畏的共产党领导下的八路军、新四军跟日本帝国主义浴血奋战，取得节节胜利，最后将日本鬼子打得落花流水赶回老家。每当此时，贡布总会激动得一塌糊涂，不由自主地拍着大腿说："啊喷啊喷，这些畜生，这些魔鬼，活该倒霉，这就是跟共产党作对的下场。"他还是跟小学时候一样，把"日本"念成"日边"，电影和电视连续剧中的共产党人叫作"中国"，日本人和国民党人统统叫作"敌人"。

我的父亲萨培到贡布家里至少有半个小时，但是贡布只是支接支地给他递"中华"牌香烟，连个招呼都没打，完全沉浸在一部抗日电视连续剧之中。家里来了客人，主人还在看电视，只有对客人表示不欢迎或者一点素质都没有的人才会这么做。但是我的父亲萨培非常了解贡布的性格，所以他一边默默地抽烟，一边期望这个电视剧早点结束。

终于播完了一集，电视机的声音突然升高的同时，画面上出现了对性功能衰退有着神奇效果的保健品广告。贡布这才用遥控机压低声音的同时说："啊喷啊喷，这日边（本）鬼子真他妈的不是人。"

"当我们放寒暑假的时候其他州县的学校也已经放假了，所以这次我要必须早点去调查。"我的父亲萨培查看泽雄县统计资料的时候惊奇地发现这些数据与事实有着天壤之别。比如说他最熟悉的泽雄县民族中学的学生人数和统计局的数据根本不一致。

所以我的父亲萨培正在撰写的那部关于藏族文化教育的专著中的数据只能到几所典型的学校去实地调查，前一段时间他向贡布透露了自己的打算。贡布说："很多州县的教育局长我都认识，你去找他们，他们一定会热情接待的。"

"那就再好不过了，我这是个人行为，人家不一定提供资料，也不一定让我做实际统计，所以你必须给那些教育局长写个信。"我的父亲萨培写了几个州县的名单交给贡布。

贡布看一下名单说："这几个州县的教育局长我基本上都认识，信就不用写，到时候我给他们打电话就可以了。"

我的父亲萨培今天到贡布家里来的目的就是问他是否给那些人打过电话。贡布说："那几个州县的大部分教育局长我都通了电话，两、三个人的电话怎么也打不通。不过你可以直接去找他们，就说是泽雄县以前的贡布局长，现在的贡布县长派来的。他们一定会热情接待。"

就在这个时候，贡布正在观看的那部电视连续剧的下一集开始播放了。这一集日本军队进行更大规模的所谓"大扫荡"，一个镇子的男女老少全部用刺刀杀光了。贡布气愤至极，"中华"牌香烟一支接一支地抽得满屋子烟雾缭绕。看他那样子，如果他是中国的最高领袖，一定会用所有的核武器让日本人从地球上蒸发或至少把他们送回旧石器时代。

67

我的父亲萨培至今以各地的"社会主义新方志"，也就我们常说的"省志""州志""县志"中的数字为依据撰写了目前涉藏地区的文化教育状况，而根据目前的状况分析和论证未来的去向。"社会主义新方志"中的数据又是根据统计部门的资料为依据的，而那些统计数字又是按照各自的需要编写的，明白了这个事实后他十分沮丧。我的父亲萨培时常认为贡布的智商还处于小学生的水平，有一次贡布开玩笑地对他说："你们这些教书的啊，除了书本和学生的面孔以外什么都没有见过，要想掌握真正的知识，就必须到复杂的行政工作中去。"他现在才知道贡布说的有道理，真正处于小学生智商的就是自己。

这几天我的父亲萨培的心情很郁闷，他独自一人漫无目的地来到学校背后的坟地上，坐在一座长满青草的坟头上考虑自己多年撰写的那部关于藏族文化教育的专著到底是否有点价值？自己为什么写这样一部书？这部书能否对社会起点作用？他看着日益增多的坟头情不自禁地背诵起《格西曲札藏文辞典》的后记：

> 苦乐年华尘世间
>
> 立志命终尚回眸
>
> 勤勉不为留功名
>
> 只愿此生利后人

又突然想到："如果别人看见自己在坟地里自言自语，又会说什么魂被弄丢了。"就站起身回到学校。

我的父亲萨培进行实地调查后更加清楚地看到各地的统计数字与实际情况完全不同，同时也更加清醒地意识到自己正在撰写的这部专著有多么重要，于是他信心百倍和更加刻苦地投入到写作中去。

我们家一直住在县民族中学的家属院，隔壁那个上了年纪的老师有时候拼命提高嗓门念诵经文，有时候拼命击鼓摇铃，使我的父亲萨培实在无法进入写作状态。我们只好搬到县医院的家属院，万万没有想到的是隔壁住着一对年轻的汉族夫妻，他们有时候唱歌跳舞，欢声笑语；有时候大打出手，嚎啕大哭，摔碗砸锅；有时候将音箱和电视机的声音调高到震耳欲聋的地步。无奈之下我们又搬回原来的住处。就在这样的环境中，我的父亲萨培还是完成了六十多万字的关于藏族文化教育的专著。全书共分三大章节，分别论述藏族文化教育的过去、现状和未来。那个时候泽雄县还没有普及电脑，至少我们家还没有电脑，所以我用整整一个假期的时间誊写了书稿。我的父亲萨培十分欣赏我的字体，当初我练习绘画也是与我的字体有关。他看着我写的藏文和汉文字体说："字写得这么漂亮，画画肯定也能行。你把这个茶杯画下来让我看看。"

我用很短的时间画好了我的父亲萨培的有双龙戏珠图案的青花瓷茶杯。他惊喜地把我的母亲叫过来说："看看，这孩子多有绘画天赋啊！你再把这个烟灰缸画下来。"

我三笔两划将那个正方形玻璃烟灰缸画完，还凭想象画了一支正在冒烟的香烟。

"有如此的想象力，更是难能可贵啊！"我的父亲萨培激动异常，他说："你再画一头牦牛怎么样？"

"我可以画一辆汽车吗？"

"也可以。"

我画了一辆吉普车。

我的父亲萨培对我的母亲说："你看看这比例多准确，没有一笔多余的线条，这孩子绝对有绘画天赋。"

我的母亲说："是啊，他识字也很快。"

我的父亲萨培说："他手巧，观察事物的特点很敏锐。"

从此我的父亲萨培让我认真地练习绘画。我也很喜欢画画，我的画作很少有背景和细节，所用的色彩也比较单一，主要抓住事物或人物的一个角度，突出其主要特点。我还喜欢读书写作，后来我发现我的文学作品也受我的绘画风格影响：细节描写简短，其他赘述更少，很有素描的味道，主要从一个看得见的视线入手，暗示一个或多个看不见的事物，留给读者许多遐想的空间。我的父亲萨培很欣赏我的文学作品，但是他建议不要过早地投稿发表，所以正如前面所述，这部小说是我第一次公开发表的作品。

我给我的父亲萨培的专著做的封面是：一条平坦宽阔的道路逐渐变得狭窄模糊，最终消失在一条深不莫测的鸿沟边。

68

这几年，教职员工的学历越来越高，甚至连汽车司机也通过函授取得了硕士研究生毕业证书。我的父亲萨培的本科学历成为全校教职员工中最低的学历。但是自从实行"双语教育第二模式"制度以后，除了我的父亲萨培等极少数人以外，其他大部分数少民族教师难于胜任用汉语进行教学，所以大部分老教师申请退休，剩下的年轻教师改行到党政部门工作。与此同时，许多学生转校到普通中学。这样一来几个月以前因为学生过多，严重缺少教室宿舍，校园过于狭小拥挤的状况一去不复返。熙熙攘攘的校园一下子安静、开阔了几倍。看到这种情景，县委、县政府为了化解因墓地纠纷而造成汉族和回族居民之间的矛盾，将民族中学的操场划拨给了穆斯林群众作为墓地。而校园背后的坟地则用高墙围起来，大门上挂起了"泽雄县公墓"的牌子。看到民族中学萎缩的情景，我的父亲萨培意识到自己对藏族文化教育的分析和预测完全正确，尽快出版这部专著的欲望强烈到了极点。

与我的父亲萨培年龄相仿的那个出版社领导说："按照三千册计算，总费用就是这个数。"他将计算器递给我的父亲萨培。看到我的父亲萨培惊愕的样子又说："或者你自己去跟印刷厂讨价还价，但是我想恐怕你找不到比这更便宜的厂子。我是说用同样的材料，印刷质量又能保证的厂子。因为那些印刷厂和我们是老关系。"

我的父亲萨培生来就是今朝有酒今朝醉的那种人，本来就没有什么存款，加之这几年他自掏腰包到很多地方去进行调查，所以计算器上的这个数字不是我们家所能承受的。

　　我的父亲萨培想到了我的父亲当增，自从省城与泽雄县之间通了柏油马路之后一下子缩短了距离，人们去省城很方便。每次去省城，我的父亲萨培都会想到我的父亲当增，但是他总觉得他们之间的距离似乎越来越遥远，说白了他认为我的父亲当增的官架子越来越大，所以他们很久没有见过面。我的父亲萨培在出版社门口抽着烟犹豫了半天，最后还是拿出手机给我的父亲当增打了电话。没想到我的父亲当增一反常态，说一定要尽快地见面。一见面就埋怨加热情地说：“该下地狱的凹眼，这么长时间为什么连个电话都不来？”

　　“你不是也不联系吗？”

　　“我不知道你的电话号码。”

　　“我也最近才从贡布那里要了你的号码。”

　　“走走，到一处喝茶的地方慢慢聊。”

　　我的父亲萨培发现我的父亲当增比上次见到他的时候胖了许多。他又说又笑，出手大方，看起来过得很滋润，但是几杯酒下肚之后再也不笑了。他说家里与妻子在思想观念和生活习俗等各方面越来越谈不到一起，矛盾越来越白热化，感情越来越微妙。比如说前几天他的母亲给他捎来了他最爱吃的有点腐味的羊胸叉，他迫不及待地把它剁成几块煮起来，想美美地吃一顿，就在这个时候他的爱人进来了，她嗅了嗅，打开窗户，连肉带汤把锅扔到外面去了，还骂他是牲畜般的老牧民。更可怕的是他的女儿的思维方式比她的老娘还极端，自私自利，贪得无厌，不择手段的程度作为父亲的他实在难于启齿……说完我的父亲当增长长地叹了一口气，又连续喝了两杯酒。

我的父亲萨培不知道说什么好，也喝了一杯酒说："我在电视上看到你经常参加各种学术活动，你到底是在搞政治还是在搞学问？"

"唉——我也不知道自己到底在干什么，我这算什么生活？算什么事业？"

"我从事民族教育多年，随时观察和研究民族文化教育，写了这部专著。可是今天去出版社，他们说的费用不是我所能承受的数目，所以这次你得给我帮帮忙。"

"现在出书就是这样，一个渠道是作者自己出钱，然后自己消化；另一个渠道是跟某个名家联名；再一个渠道是需要一定的关系，这是最可靠、最实惠的，不但可以顺利出书，而且还能拿到稿费。对了，还有一个办法就是要赞助费，我们跟贡布说一下，这个'尿袋'无孔不入，很有办法。"

"不不。"

"那么……恕我直言，一个中学教师的书除非自己出钱，可能永远不会有人出版。"

"你不是跟所有的文化人都有关系吗？"

"没错，但是那种关系纯属相互利用，今天他们给我办点事，明天需要加倍地偿还。哈哈，你以为所有的关系都像我们俩的关系那样无条件的吗？像草原上的空气那样无污染的吗？不是，绝对不是！都是买卖，纯属利益关系！"

"那么……如果你同意的话，我们俩联名怎么样？甚至可以署你一个人的名字。老实说我写这部书的目的就是提醒人们要关注民族文化教育事业，别无他求。"

"那么我先看看吧，然后我们两个商量。唉——再说吧，喝酒喝酒。"

69

我大学毕业的那年秋天，泽雄草原像往常一样龙胆花开得烂漫，大地像一块无边无际的蓝色地毯。可是一天下午突然刮起大风，天气骤然变冷，那天夜里下了一场中雪，所有的牧草和花朵被埋在雪下，两天后阳光再次普照大地的时候，草原一片金色，那些漫山遍野的秋花瞬间不知去向。大概就是在这个时候，人们发现我的父亲萨培的身体越来越瘦，面色越来越黑，于是我们俩坐了一辆没有客运许可证的人们称为"钓鱼车"的小轿车去省城做检查。平时很少说话的我的父亲萨培一路上跟那个农区的司机问平均每天有多少收入，是否上过学，孩子是否在上学等，还给司机加了几个钱去看望他的老师多布丹。多布丹满头白发，但精神矍铄，说话仍然幽默风趣。他们叙谈了一个小时左右，看起来我的父亲萨培说的自己没有任何不舒服的感觉是对的，所以我也没有多少担心。但是第二天早上做的检查结果下午才能拿到，而下午他说有点累，于是我一个人去取检查结果。就在这个时候，不知怎么回事，我突然担心起来，甚至有点害怕。

我两点半到了医院，但是他们说检查结果四点钟才能出来。我给我的父亲萨培打了电话之后漫无目的地一会出去，一会进来，把墙上贴有那个科室的医生们的照片和简介，一字不落地看了一遍。可是这仅仅打发了十几分钟时间，我又漫无目的地徘徊在走廊里。走廊的墙壁上到处贴满了"开住院发票""开死亡证明""高价回收药品""出售迷魂药""同性交友"等小贴示；还有一些正规的医学知识和保健常识，我都一一认真看完了，但是时间还很早。我越来越着急，从来没有感觉到时间过得如此之慢，只能一次又一次地核对墙壁上的电子钟表和手机上的时间。

我所担心的事情终于出现在我的眼前，我无法相信自己的眼睛，但事实就是事实，谁也无法改变。我的脑子一下子空白了，听医生说的话就像观看哑剧一样，只看到动嘴，没有听到声音。

我的父亲萨培不但认识汉字，还有一点医学知识，跟他隐瞒真相是绝对办不到的。这个时候我多么希望我的父亲萨培是个文盲啊，如果这样的话还可以隐瞒他一段时间。最后我决定将检查结果给他看，并建议尽快住院治疗。我的父亲萨培一见到我就知道了情况不妙，仔细看了检查结果后说："现在已经很晚了，治疗不会有什么效果，我们明天回去，我还有很多事情要处理。"他把形同死刑判决书的那个检查结果扔到床头桌上说："生老病死是自然规律，徒劳地与自然规律作抗争是非常愚蠢的行为。"

我不同意我的父亲萨培的观点，我说哪怕有万分之一的希望，也要作出九千九百九十九的努力，再说如今科学技术突飞猛进，治愈了许多绝症的范例日益增多，一定要住院治疗……说着说着我流下了眼泪，然后失声痛哭起来。

我的父亲萨培微笑着说："啊呀，你一个七尺男儿都这样，那你的爷爷奶奶怎么办？你的妈妈怎么办？实在没有必要这样，这很正常。这样吧，今天我要见一个朋友，你自己也约个伴儿去玩一下。"

我现在一分钟也不愿离开我的父亲萨培，就说要去一块去。他说："何必呢？你也看到了，至少目前我没有什么不舒服的感觉。如果有一天我真的站不起来了，到时候你再伺候我呀。"那天他很晚才回来，而且还喝了一点酒，他说："啊呀，你怎么没有约个姑娘去歌厅或者茶餐厅？我在你这个年龄的时候身边总有那么几个姑娘。人生既要勤奋地工作，又要尽情享受生活。"

后来我才知道那天晚上我的父亲萨培去找我的父亲当增，透露了自己的病情，也说出了对我和母亲的牵挂，还询问了关于他的专著出版情况，当然也不可避免地回忆起他们小时候的许多故事。

在泽雄县民族中学家属院里，有两间瓦房是我们三口人家生活所在，更是我的父亲萨培大部分时间工作的地方，我们将这两间瓦房称为"家"，我的父亲萨培在这个家中依然读书写作，直到再也站不起来为止。

当我的父亲萨培卧床不起的时候，他的校友才加天天来陪伴他，我还多次看见他在暗地里落泪。当然还有我的父亲当增的父亲先巴夫妇以及贡布，还有很多我的父亲萨培的同学、朋友和学生都隔三差五地来看望我们。贡布每次都说不管是公家还是他个人，有什么要求或需要帮助的，千万不要客气，使我们在悲痛中感受到了人间的温暖。

更让我们感到欣慰的是久美嘉措和桑华嘉措二位高僧每天来陪伴我的父亲萨培，不断地做各种祈愿法事。当我的父亲萨培去世后，二位高僧更是忙里忙外，后事中的每个细节都是按他们的指示运行。

我的父亲萨培开始十几个小时，后来几个小时，再后来隔两三个小时就要对我的母亲说："看来又要打一针了。"我的母亲一边流着眼泪一边给他打止痛针。这样过了几天后的一个早晨，我的父亲萨培的呼吸越来越微弱。这个时候我的父亲萨培的父亲对我说："要扶住你爸爸的头部。"

我扶着我的父亲萨培的头部，脸贴着他的脸。他终于停止了呼吸，离开了我们。

"嗡嘛呢叭咪吽……"屋子里顿时弥漫起一片诵经声，点亮了无数个酥油灯。

70

我的父亲当增比谁都清楚我的父亲萨培聪明绝顶，记忆超人，勤奋好学。但是一个边缘牧区的中学教师能写出有价值的东西，他实在有点儿不敢相信，更是不愿承认，所以一直没有看我的父亲萨培的书稿。当他得知我的父亲萨培患有绝症，且没有多少时间，而出版那部书又是老朋友最后的愿望时，还是将那部厚厚的书稿从桌底下拿到桌面上。没想到他越看越入迷，除了一支接一支地抽烟之外忘了午休，忘了午饭。老实说这是他多年来第一次如此认真地通读字数最多的一部书稿。

"自二十世纪五十年代以来，在安多地区受教育（不包括寺院教育）的人大致可分为四种类型：一是非常熟悉农牧业生产生活和传统习俗的人，而这种类型的人如今越来越少；二是懂得本民族语言文字，却不熟悉生产生活和传统习俗的人；三是只听懂本民族语言，却不懂得本民族文字的人；四是连本民族语言都听不懂的人，而这种类型的人目前越来越多……"我的父亲当增又一次如饥似渴地而且是将同一部书稿通读两遍。他突然觉得自己一下子懂得了很多事情，掌握了很多知识。他自言自语道："以后要是关于民族文化教育方面的发言或者演讲，再也不怕肚子里没有东西了。"

我的父亲当增这几天对我的父亲萨培的智慧和成就感到无限的羡慕，相反对自己的偌大的虚名感到惭愧，对自己虚度年华感到悔恨。

"这可不仅仅是文化教育问题，而是整个社会问题，进行分析和研究的结果。'凹眼'啊'凹眼'，你这个该下地狱的家伙，你做了多么细致的调查，做了多么严谨的分析，查了多么丰富的资料啊。你活得太有价值了，我从内心深处服了你了。"我的父亲当增自言自语道。

"假如从现在开始辞退所有的职务，远离所有的应酬，全身心地投入到学术研究中去，那么自己能否取得这样的成就？"我的父亲当增问自己。

"如果这部专著是我自己的话，那该有多好啊。如果是这样的话那自己就是一个名副其实的大学者啰，如果是这样的话自己再也不用为那些荣誉和名声感到惭愧了。"我的父亲当增一次又一次地这样想，甚至梦见这部作品自己写的，而且得到了

更高的荣誉，醒来后也更加失望。他早就知道自己的那些所谓
"格萨尔研究成果"或确切地说对传说中的格萨尔以及他的传记
随心所欲和夸大其词地进行宣扬的论文，其实跟马洛加写的关
于文成公主的论文一样没有任何价值。现在更加清楚地意识到
那些简直就是垃圾，为此感到汗颜。而申报课题项目后让那些
研究生或手下人写完之后自己署名、出版发行、获得奖项的那
些东西原本就是为了挣取经费，更是垃圾中的有害垃圾。他长
长地叹了一口气，犹豫了半天后将自己的名字写在我的父亲萨
培的名字前面,可是他立刻感到很惭愧,又将书稿放回桌子底下。

　　有一天下午，我的父亲当增接到他的同学贡布的电话，得
知了我的父亲萨培去世的消息，他落下了眼泪。但是这个消息
对他来说是噩耗还是喜讯他也说不清，他立刻想起我的父亲萨
培曾经对他说过的话："甚至可以署你一个人的名字……老实
说我写这部书的目的纯粹是为了人们对我们的文化教育引起关
注。"他把桌子底下的书稿拿到桌面上，犹豫了半天后用汉语自
言自语道："人不为己，天诛地灭。"然后抹去了我的父亲萨培
的名字，又拿出一张空白稿纸，誊写书名，书名底下写上了自
己的名字，将原来的封面撕成两块，又撕成四块、八块……扔
进垃圾桶里。

　　"亲爱的弟兄，现在这部书对你来说没有任何意义，而对
我来说非常重要。再说用你的名字出版要花很多钱，而用我的

名字出版还能拿到一点稿费，现实就是如此不公平，这不是你我能改变的事实。唉——反正这一辈子我欠你的太多，请你原谅我吧。不过我一定会按照你的遗愿，让这部书尽快与读者见面。"我的父亲当增提着书稿前往出版社。

71

我在我的父亲萨培去世的悲痛中拿到了他二十个月的抚恤金，为他做完超度佛事后剩下的钱，正打算自费出版他的遗作时，在晚间新闻中看到他的遗作已经出版发行，并得到了许多专家学者的高度评价。但是让我感到万分惊讶和遗憾的是作者不是我的父亲萨培，而是我的父亲当增！那时候我还只是听说过我的父亲当增，却从来没有见过他本人。我在我的父亲萨培的手机里找到了我的父亲当增的电话号码，对方用汉语问："是哪位？"。

我用藏语反问："是当增叔叔吗？"。

"我是当增，你是哪位？"我的父亲当增终于用藏语问道。

"我是您的同学萨培的儿子。"

我的父亲当增不说话了。后来我才知道我的父亲当增已经感觉到情况不妙，甚至产生一种祸从天降的预感。

"我的父亲萨培有一部关于藏族文化教育方面的专著，可是我在电视上看到这部书由一个叫当增的人的名义出版发行，不知道那个人是不是您？”

“是……是我。”

“那是怎么回事？”

“我和萨培有言在先，如果用他的名字的话，只能自费出版，而且费用很高，所以他说可以用我的名义出版。”

“您有什么证据？”

“我向三宝发誓……”

“嘿嘿，您知道，这个一点儿作用也没有。”

我的父亲当增不说话了，一会儿他干脆挂了电话。我打了几次电话他都没接，我感到非常愤慨，给他发了这样的短信：“您可以逃避我，却逃避不了法院的传票。我们在法庭上见！”

后来我才知道我的父亲当增将此事告诉他的妻子，并打算让贡布出面调解，但是他的妻子坚决不同意，说如果需要上法庭就找个顶级律师，给那个乡下人反告诬告罪，说不定还能拿到损害名誉费。

我的父亲当增说：“如果要上法庭，我没有任何证据，而他们手里肯定有不少证据，所以……”

我的父亲当增的妻子用命令的口吻说：“现在办事不是靠什么证据，而是靠关系。所以你必须按我说的去做。”

在报刊杂志及网络上有许多关于我的父亲当增或确切地说

我的父亲萨培的专著的评论文章，说此书迫使人们重新审视我们的文化教育制度。但是有一个在省城某文化单位工作的我的父亲萨培的学生发表文章称该专著之作者颇有疑问。他还找我说他在若干年前，也就是说他还是我的父亲萨培的学生的时候就见过此书的书稿，也许还有其他学生和同事也能证明此事。而我的父亲当增在几年前某基金组织出巨资，委托我的父亲当增他们的单位评选"对藏族文化教育做出突出贡献的十大杰出人物"时，将他自己也报了上去，拿了奖金，等等。不知情的人都认为他是个大学者，而知情的人都知道他是个诡计多端的人。所以这次一定要找证据撕破他的伪装。但是我的母亲坚决反对我将我的父亲当增告上法庭，她说："你的先父和当增叔叔是一件皮袄里成长的兄弟，决不能把他告到法庭上。再说事情都已经过去了，让你的父亲安息吧。"

"事情没有过去，既然是一件皮袄里成长的兄弟，那个恶棍更不应该这样做。"

"你给我闭嘴！"

"妈妈，这部书是我爸爸一生的汗水，难道你就不可怜我的爸爸吗？"

"我不想提这件事情，还是算了吧。"

"不！著作对一个文化人来讲就是他的生命，甚至比生命更重要，所以决不能就这么算了。"

"你这孩子为什么像你的爸爸一样这么倔强呢！"

"我当然应该像我的爸爸。"

"就算我求你了孩子。"

"妈妈，你怎么啦？有些家伙如果不被以牙还牙一次，他就永远不知道自己做的有多过分。妈妈，你也知道我平时很尊重你，但是这个事情上我们没有商量的余地。我一定要把那个家伙告上法庭，为我的爸爸讨个公道，不然的话这样的人会越来越多的。"

"你爸爸常叫你做人要大度，难道你忘了吗？"

"我当然没有忘，但是那要看对什么样的人。好了妈妈，这次你什么也不要说了。"

我的母亲再也没有说什么，只是哭个不停。

我到处搜集证明材料，然后罗列了我的父亲萨培的参考书目，他什么时间到什么地方去进行调查，对哪些人进行采访，什么时间开始写作，什么时间完成初稿，什么时间完成第二稿。我又是什么时间、在什么地方为他誊写书稿和设计封面。还从司法局一个小学同学那里借来最新的《民事诉讼法》和《著作权法》，写明了我的父亲当增违反了哪些法律条款，他应该承担什么样的责任等，用汉文写了详细的起诉状后寄给我的父亲当增所在区域的中级人民法院。

72

　　我收到法院某月某日某时开庭审理的通知的同时，我的父亲当增也收到了法院的传票。我的父亲当增再次希望将此事通过贡布私下解决，但是他的妻子阿措姆坚决反对，并找了律师，也通过关系对个别法官作了交待后陪我的父亲当增来到了法庭。

　　我不知道这里是否存在公平和正义，但是看起来确实庄严肃穆，甚至让人产生敬畏，因此刚开始我有点紧张；不过一想到我的父亲萨培多年的辛勤劳动成果就这样被人占为己有后，清醒地意识到自己肩上的责任，同时也产生一种从未有过的勇气。于是我尽量用标准的汉语宣读了诉状，阐述了自己的观点，痛斥了我的父亲当增的卑鄙行为，出示了我的父亲萨培的许多调查笔记和参考资料、证明材料。在大量的铁的事实面前，本来就没有多少胜算的我的父亲当增没等律师开口就已经认罪伏法，并说愿意承担一切责任。看到这个情景，我的父亲当增的妻子阿措姆嘟哝几句，气呼呼地走出法庭。

　　有道是"事实胜于雄辩"，其实也没有进行辩论，我注意到法官不由自主地微微点头，好像认可了我的要求。我的父亲当增也立马说道："原告提出的要求很合理，我愿意接受。"不知为什么，我的父亲当增的脸上这时看不到一丝狡诈的表情，只是以羡慕和悔恨混杂的目光看着我。

很短的时间内，我的愿望彻底实现了，我完全可以自豪地告慰我的父亲萨培的在天之灵。然而出乎我意料的是我的父亲当增受到党纪政纪处分，撤销其所有职务。更加糟糕的是我的父亲当增失去一切职务，除了干巴巴的工资以外没有任何收入后，他的妻子阿措姆坚决要求与他离婚。其实这几年他们早已貌合神离，没有什么感情可言，只是在一张床上睡觉，一张桌上吃饭而已。有一次我的父亲当增与一位挪威藏学家进入一个通常情侣们幽会的那种环境优雅、光线暗淡、播放着轻音乐的茶餐厅的时候，他惊愕地看到他的妻子阿措姆依偎在刚刚死去妻子的医院院长的怀里！幸好阿措姆眼睛近视，没有看见他，他找个借口立刻离去。阿措姆很晚才回家，我的父亲当增若无其事地问她今天过得怎么样？她装出一副很累的样子说："别提了，上午两个手术，下午三个手术，累死我了。"就上床睡觉了。

我的父亲当增看完离婚协议书，毫无犹豫地签字后问道："那么女儿由谁来抚养？"

阿措姆说："她现在已经长大成人了，而且有固定工作和收入，所以不存在抚养问题。"

"她还没成家，所以总得跟我们俩中的一个过吧？"

他们的女儿说她谁也不跟，就要存款、房子和汽车。

"你太过分了！"阿措姆嚷道："我们把你从赤身裸体抚养到大学毕业，后来还给你找工作，难道你忘了吗？"

"那是你们的责任，我只是借用你的子宫几个月而已，你们当初寻欢作乐的时候想到过我吗？"

我的父亲当增感到巨大的恐惧，一刻也不想待下去，旅行箱里装上几件衣服和洗脸工具后好像看破红尘似地说："反正我是什么也不要。"就走出去了。

阿措姆对女儿嚷道："你这个忘恩负义的畜生，你这个贪得无厌的家伙，给我滚出去。"

"哼！丈夫放在家里跟野男人鬼混的人才是畜生，该滚的是你！"

我的父亲当增的身后阿措姆母女俩打骂哭叫的声音响彻整个楼道。

"三宝啊，真不知道这么多年来我是怎样跟她们熬过来的。"我的父亲当增自言自语道。

73

离春节只有两三天，街上到处都悬挂着红灯笼和人造花卉、动物造型，洋溢着节日气氛。但是我的父亲当增对这些毫无兴趣，他沿着一条小巷来到办公室，被撤销职务的当天下午他的专车也被收缴，还通知他新任领导到岗之前腾出办公室。这是一间大约有四十平方米的大房间，一面墙壁前堆放着咖啡色的大书柜，书柜里摆满了装帧精美、大小一致的汉文书籍；另一面墙壁前的书柜中摆放着门类繁多，大小不一的藏、汉文书籍，其中没有一本是我的父亲当增自己掏钱买的，而是在各种会议和仪式上发放的，也有作者亲自赠送的。我的父亲当增挑选了一部分藏文图书装在两个纸箱里，其余所有图书和琳琅满目的水晶、镀金奖杯和奖牌让收废纸的人免费拿走之后，长长地舒了一口气，坐到大办公桌后面的升降椅子上打开电脑，浏览一下几个网页，看到前一段时间对他的所有赞美文章已经变成了揭露和攻击，甚至辱骂，他的脸上顿时火辣辣的，立刻关掉电脑。他漫无目的地打开抽屉翻东西，发现一个脏兮兮的信封里面装有一张银行卡和一张纸条，纸条上写着"贡布"两个字体极为难看的汉字和几个阿拉伯数字。

我的父亲当增的脑海里出现了他的同学"尿袋"贡布委琐的模样，紧接着想起大约在一年前，贡布为了自己提任为副县长的事来找他，要让他的妻子阿措姆向那个她认识的省委组织部副部长为他说话，那个时候贡布说："决不能让她空着手去办事。"就递给他一个信封，也没有说有多少钱，后来他也忘了这个信封。

"这些乡下人当中有大学者，也有小政客，不简单。"我的父亲当增自言自语地拨通了贡布的电话。

对方恭敬地先打招呼："林刀（汉语：领导）可好？"

　　我的父亲当增说："现在可不是什么领导，难道县长没有听说吗？"

　　"嘿嘿，是听到了一些传闻，但我不信，所以也没有给你打电话。"

　　"这是真的，而且还离了婚。现在我不想待在这座城市里，所以请县长帮我调回老家啊。"

　　"撤职是暂时的，可是你不应该离婚呀，你看那汉民女人多有本死（汉语：本事）。"

　　"其实这是迟早的事情，唉——我们不说这个，说说你能不能把我接回老家去？"

　　"你不是在开玩笑吧？"

　　"这个时候我还有心思开玩笑吗？"

　　"那好，我跟书记说一下，现在提倡引进人才，应该没有问题。不过小河里容不下大鱼，你还是三思啊。"

　　"那就多谢了，我等你的好消息。"

　　"这个应该没有问题，不过我还是认为大人物只有在大地方才有出路。你不是认识几个高官吗？跟他们说一说，肯定会很快解决的。"

　　"但是我已经累了，我想在一个安静的地方静下心来给孩子们教几年书。"

　　"怎么？你想当个教书的？哈哈，别开玩笑了。你帮过我大忙，我也不是个忘恩负义的人。我没有太大的权力，可是还没有落到让兄弟教书的地步。"

"我真的想当个教书匠，而且当一个教藏文的……"

"啊啧，你怎么也像'凹眼'——嗡嘛呢叭咪吽——一样傻呢？"

"'凹眼'才不傻呀。"

"好好，那你自己看着办吧。"

我的父亲当增挂了电话，离婚那天晚上，他给女儿打了好几个电话她都没接。于是他把手机屏幕上女儿的彩色照片换成我的"百岁"黑白照片。他凝视着我的照片，眼前浮现出不久前我在法庭上的表现。过一会儿他将手机装进兜里，走出办公室直接去一处自动取款机前，拿出贡布的银行卡，犹豫了一会儿，将那张卡装回去，拿出自己的银行卡取款，然后去了一家桑拿洗浴中心。

74

大年三十那天晚上，我的父亲当增住在一家酒店里。偌大的酒店今天晚上只有他一个客人似的空空荡荡。他在客房里为自己摆了一桌酒肉，一边看电视一边喝酒。可是今天所有春节联欢晚会他都觉得没意思，用遥控器不断换台，遗憾的是平时没完没了的抗日影片今天都不见踪影。他平时喜欢喝酒，可是没有一个人喝过闷酒，一个人喝酒一点儿意思都没有。他被孤独折磨得不知所措，来到窗户前看着外面。

在二十多层的高楼上俯瞰这座小城市，就像看自己的手掌一样半个城市清晰地出现在他的眼前。我的父亲当增手臂靠在窗台上不断吸烟，面对城市上空五颜六色不断变幻的烟花爆竹，他的脑海里浮现出宁静的草原。草原上我的父亲萨培穿着磨光了毛发的羊皮裤，光着脚笑眯眯地来到他身边。不知他们之间发生了什么争执，就大打出手，双方鼻孔流血，一会儿他们到一条清澈的小溪边洗脸，相互往身上洒水，笑声不断。

我的父亲当增带着伤心落泪的我的父亲萨培到学校背后的空地上，解开自己脖子上的红领巾系在对方的脖子上说："不要伤心，你可以今天带它一整天。"

"真的吗？"我的父亲萨培抚摸着红领巾问道。

"当然是真的，以后每个星期天我们到这里来你可以带它。"

我的父亲萨培的脸上终于露出了微笑，举起右手唱道："我们是共产主义接班人……"可是听到晚饭的钟声，脸上又呈现出伤心的表情，很不情愿地解开红领巾还给我的父亲当增。

我的父亲萨培念道："日——本——"。贡布却跟着念："日——边——"

"不是'口边'是'口本'。"

"日——边——"

"阿妈的肉，教这个'尿袋'还不如教一头牦牛。"

我的两个父亲在一辆大货车上冻得瑟瑟发抖，我的父亲当增不由地打了个寒颤。其实客房内的温度很高，所以他一直开着窗户。

喂猪员或者叫多布丹老师因为我的两个父亲考上大学而高兴地跟他们一起喝酒,记得那天天气很热,他们一个个汗流浃背,我的父亲萨培突然说他不想去上大学。

我的父亲萨培一拳将马洛加"铺"到床上，我的父亲当增不由地站直，他又点燃一支烟继续靠在窗台上往外观看。离酒店很近的那个十字路口以前有一家这座城市最大的餐馆，有一次我的两个父亲在那里吃完饭后才发现两个人手里都没有钱，一个说我以为你带了钱，另一个说我以为你带着钱。最后他们当中的一个人留在餐馆里，另一个去老师那里借钱，餐馆都快打烊的时候才回来"赎"人……这一切仿佛发生在昨天。

"唉——时间过得真快,人生如此短暂啊,明明知道是这样,为什么还让自己活得这么累呢？"我的父亲当增自言自语道。

外面行驶的车辆越来越少，烟花爆竹的响声越来越多，看来快到凌晨零点也就是说按照中国传统上的新的一年开始了。以往这个时候，是给我的父亲当增新年祝福的同时祝愿他步步高升的电话和短信最多的时候，可是今天就连自己的女儿也没有给他发来一个短信，其实他也没有指望这些。我的父亲当增闭上眼睛，摇摇头说："我不是人，真他妈的不是人。"

外面突然响起震耳欲聋的爆炸声的同时天空也被五颜六色的烟花照亮了，本来就非常糟糕的空气中一股浓烈的硫磺味道弥漫开来。我的父亲当增关闭窗户，坐到沙发上，强行喝了一口酒。这个时候手机铃声响起——"亲爱的爸爸，我本想为我的父亲萨培讨个公道，没想到事情会变得如此糟糕，请您原谅我好吗？"——这是我发给我的父亲当增的短信。

我的父亲当增脸上终于露出了微笑——"宝贝，这一切都是我的过错，我诚恳地祈求你们原谅我。"——这是我的父亲当增发给我的短信，随后又发来了我的"百岁"照片的彩信。

75

春末初夏的一天早晨，我的父亲当增乘坐长途客车正在前往他的故乡泽雄草原。车上多半乘客是去看草原的内地游客。这是我的父亲当增多年来第一次乘坐长途客车，开始的时候他惊奇地左右观望着，可是一会儿他就习惯了这个环境。他和其他乘客一样拿出了手机，凝视着屏幕上的我出生一百天照的"百岁"照片。

我的父亲萨培出院的那天是个周末，我的父亲当增建议一起喝点酒。可是我的父亲萨培说："不行，今晚我约了一个姑娘。"

"你这个该下地狱的'凹眼',简直就是个魔鬼,就连住院的时候也不失时机。"

"嘿嘿,你猜猜她是谁?"

"这还用得着猜吗?不就是那个小护士吗?还算不错。"

"你怎么知道是她?"

"我在病房里从你们的眼神中看出来了。"

"她说她住在医院家属院东边第二排房子东头第一个门,今晚十一点半我就'哒哒——哒,哒哒——哒'这样敲门,她就会开门。"我的父亲萨培边说边有节奏地叩击桌子。

我的父亲当增从我的父亲萨培的房子里出来,经过医院家属院门口的时候无意间瞟了一下院内,看见东边第二排房子东头第一间房子窗户里亮着十分暗淡的灯光。他看一下手表,离十一点半差不多,他想开个玩笑或者说做个恶作剧,就到那间房子门口"哒哒——哒,哒哒——哒"地敲了几下。

我的母亲似乎很害羞的样子低着头开门后也不看一下来者的脸就转过身去。

就在这一刹那我的父亲当增体内的荷尔蒙分泌旺盛了,他没有来得及考虑很多,就拉掉了门边的电灯开关。

大约十分钟后再次响起"哒哒——哒,哒哒——哒"的敲门声的时候,我的母亲才知道自己被窝里赤身裸体的这个人是谁了。

"该下地狱的'凹眼'，昨晚为什么没完没了地敲门不让人睡觉？"第二天我的父亲当增对我的父亲萨培说。

"啊啧啊啧，你这个该下地狱的'凸眼'，简直就是个魔鬼。"我的父亲萨培无奈地摇头。

"姑娘不错，今晚你自己可以去。"

"人家姑娘可不是妓女，你自己想去就去，我是不会去的。"

不久我的父亲当增去读研究生再也没有回来，几个月以后我的母亲来找我的父亲萨培问："你那个朋友去哪儿了？"

我的父亲萨培说："他去读研究生了。"

"什么时候回来？"

"可能再也不回来了。"

我的母亲落下了眼泪，说："怎样才能跟他联系？我……我已经怀孕了。"

我的父亲萨培一时说不出话来，最后说："该死的，这一切都怪我。"

"他说他本来想跟你开个玩笑，结果……如果是这样的话跟你没有关系。你告诉我怎样联系他就可以了。"

"这样吧，我先试一下能不能联系上他，你看怎么样？"

"那就这样吧。"

我的父亲萨培本来想给我的父亲当增写封信，告诉他实情，后来又想即使这样我的父亲当增也不可能与我的母亲结婚，再说这件事自己也有不可推卸的责任，于是去找我的母亲说："当增说过他上研究生的目的就是毕业后能留在城市里工作，所以他不太可能跟你结婚。如果……你愿意的话……我们可以一起生活。"

当我的父亲萨培知道自己患上了绝症，且已经到了晚期的时候就跟我的父亲当增讲了详细情况，说："你们父子有权知道事实真相，我也一直想在适当的时候告诉你们真相，现在我的时间不多了，是告诉你们真相的时候了。"

我的父亲当增说他收到我的父亲萨培的书信和我的"百岁"照片的时候也计算了时间，加之照片上的我一双大眼睛怎么看也不像我的父亲萨培，而像他自己，所以他一直心怀疑问，珍藏我的照片至今。

我的父亲萨培说在适当的时候也要告诉我真相，但是直到他去世也没有告诉我真相。我想是因为我和他有着非同寻常的深厚感情，所以他一直说不出口。

我的父亲当增到达了泽雄草原，他又看到了鼠兔和"鼠兔清洁工"白腰雪雀，自然会想起我的父亲萨培以及他们的童年。鼠兔和白腰雪雀在稀疏的青草中忙碌着，在这片草原上人鼠之战持续了半个多世纪，仍然没有决出胜负。